我是那只逃走的狍子

刘德远——著

中国文史出版社

图书在版编目（CIP）数据

我是那只逃走的狍子 / 刘德远著 . -- 北京 : 中国文史出版社 , 2020.12

ISBN 978-7-5205-2837-5

Ⅰ . ①我… Ⅱ . ①刘… Ⅲ . ①散文集－中国－当代 Ⅳ . ① I267

中国版本图书馆 CIP 数据核字 (2020) 第 253914 号

责任编辑：金　硕

出版发行	中国文史出版社
社　　址	北京市海淀区西八里庄路 69 号院　邮编 :100142
电　　话	010-81136606 81136602　81136603 81136605（发行部）
传　　真	010-81136655
印　　装	阳谷毕升印务有限公司
经　　销	全国新华书店
开　　本	650 × 960　1/16
印　　张	12
字　　数	150 千字
版　　次	2021 年 4 月北京第 1 版
印　　次	2022 年 3 月第 2 次印刷
定　　价	38.00 元

目录

Contents

第三辑　生命之美

第一辑

梦中家园

双龙村

“双龙”这个名字来自本地一南一北两座山。在风水学中称呼山为“土龙”，两座山就是两条龙，取村名的时候依地形唤“双龙村”。

双龙村是吉林省敦化市贤儒镇东南角 11 公里的一个小山村，村以驻地双龙屯得名。我一直想弄清楚双龙村的历史沿革，曾经咨询在贤儒镇工作和生活的同学朋友，大家皆没有答案。书房里有两册《敦化市志》，分别为 1985 年和 2000 年编撰完成，翻看两部志书均无相关记载，心中颇感遗憾。东北地大物博物产丰富，但文化遗存屈指可数，流传下来的古籍典章少得可怜。我没有放弃寻找的念头，相信总有一段文字栖身于某个泛黄的书籍，等我去发现。

2019 年 8 月 31 日，我和党支部的党员在寒葱岭抗联遗址开展主题党日活动。上午 8 时 58 分，在参观长白山森林文化展览馆的时候，我偶然发现展示橱窗里有一本打开的书籍，分别为 168 页和 169 页，在

169 页从上到下分列山河屯、丰产屯和双龙村的简介。这是印刷体的内部资料，页眉上印《敦化市地名志》，在双龙村的文字中介绍：位于镇驻地东南 11 公里，村以驻地双龙屯得名。属山区，耕地 1320 亩。农作物旱田为主，水田次之。1983 年粮食总产量 43 万斤，人口 101 户，454 人。村有园参、木耳，饲养猪牛及商业等专业户。有小型拖拉机 2 台，村设小学、卫生所等。1943 年建成屯落，归三道荒沟日伪警察署分所管辖。1945 年第四区保安村，1954 年为初级社，1956 年归福胜公社双龙管理区。1966 年为贤儒公社保安大队下辖双龙屯。1972 年成立双龙大队，1983 年改为双龙村，下辖一个自然屯。

这些文字资料虽然短小简朴，至少让我读懂了双龙村的前世今生，基本满足我的好奇。兴奋之余，我用手机拍照，作为资料备用，真应了一句话：踏破铁鞋无觅处，得来全不费工夫。

我的高中同学陈国祥是贤儒镇经管站站长，今年 56 岁，参加工作就在贤儒镇政府，是该镇最老资格的工作人员之一。他的家在敦化市内，每天坐班车上下班。我们每天相约晨练，就是快速走步。时间是 5 点前，基本路线是从敖东集团出发，前行至滨江公园，沿着健身步道走到桥头，再向西行走到渤海广场，经由渤海广场回到敖东集团，然后各回各家，一圈下来基本上是一万步。我经常与国祥谈起双龙村的陈年旧事，他也会给我讲一些童年故事。对双龙村的现状，国祥比我熟悉，他的信息为我做了有益的补充。双龙村这个名字一直沿用到 2014 年，当时全镇下辖牡丹、南黄泥河、东风、小榆树川、双龙、三道荒沟、福民、太平山、贤儒、兴农、城山子、革新、新安、丰产、德胜、柞木台、福胜、保安、新兴、跃进等 20 个村。2014 年，由于撤村并屯，原来的保安、共荣、双龙、跃进四个村合并为荣兴村，双龙村调整为双龙组。我的双龙村成为组，这是我没有想到的，沉睡的村庄被时代无情地抛弃。

我家在这里居住 10 年，我的童年涂满小村草木花朵的颜色。双龙屯属山区，粗略地说，它包括一南一北两座山、北山是小村的依靠和屏障，山之北群山环绕。南山向南延伸的山岭农田沟塘草地，小村人称“南沟”。南山脚下的南大河、塔头甸子和水田，向东是大河两岸密实的柳毛塘子和外侧的大片农田。向西两山之间都是农田，一条弯曲土路连接村外。整个村落东西长南北窄，在队部的小广场分界，北部地势高，俗称“坎上”，南部地势低，俗称“坎下”。村部东侧从坎上向坎下流淌着一条山溪，两岸柳树葱郁，自然天成。溪水从大队段书记家房子西侧欢快流入南大甸子。一条村路从柳林处直抵村西，长约一里，两侧是东北特色民居，百十户人家 450 多口人在这里居住生活。坎上的房子最为简陋，依山势而建的地窨房，门窗露在山外，屋子在山体内，俗称“窝棚”。主路两侧房子是黄泥墙、木门窗、洋草毡顶，院落也是木门、木杖子，泥土的气息、树木的气息，日子在熟悉的气息中慵懒流过。

北山上柞树居多，属于落叶乔木，树高六七米，看上去挺拔俊秀，树形优美多姿。偶尔夹杂几棵杨树、桦树，形成混交林。杨树当地人称“山杨”，长得比较矮小，很难成材。杏树集中在山的西侧石砬处，是小村的一景。南山树木品种较为丰富，山体常年被树木所覆盖，柞树、桦树、榆树、杨树、柳树、松树，它们是这片山林的主人。这些大树之间，生长着五味子、刺五加、山葡萄、杜鹃、榛材棵子、色树槭等，显得山林拥挤。南大河由东向西流淌，两岸生长着粗壮的柳树，柳树之间是塔头甸子，野草和野花使甸子间颜色不再单调，在天地间留下季节的抒情、多变的风景。

在南山的峻岭之间，距离小村东南方向十余公里的牛心顶子山比较有名。牛心顶子山位于贤儒镇与大石头镇交界处，海拔 1318 米，属于大石头林业局刘生店林场采伐区。牛心顶子山山高林密，天然林以松树、柞树、杨树、桦树、椴树为主，杂以水曲柳、榆树、色树、柳树等。抗战时期是东北抗联的秘密营地，新中国成立以后，这里是林场主伐林区。由于东北抗日名将陈翰章在此怒杀四寇，更使它声名远播。

陈翰章（1913—1940），满族，生于吉林省敦化县城西半截河屯（今翰章乡翰章村）一个农民家庭。陈翰章 14 岁时以全县最小年龄考取了私塾教员考试第四名。1927 年陈翰章入敦化敖东中学读书，任学生自治会负责人。陈翰章 17 岁时以全校第一的成绩毕业成为小学教员。1932 年，19 岁的陈翰章弃笔从戎加入了救国军，开始了与侵略者死战到底的铁血生涯。“九一八”事变后，陈翰章参与组织反日爱国宣传活动。1932 年 8 月陈翰章参加吉林中国国民救国军，任总司令部秘书长，参加攻打宁安县城的战斗。同年冬加入中国共产党。1940 年，时任东北抗日联军第一路军第三方面军总指挥的陈翰章率部与日军作战。由于叛徒告密，陈翰章和战友被敌人包围，最终牺牲，年仅 27 岁。侵华日军残暴地将陈翰章的头颅割下，浸泡在福尔马林液中，保存在当时伪满洲国首都新京(今长春市)的“大陆科学院”。2013 年 4 月，为陈翰章一百周年诞辰，烈士头颅被迎回吉林省敦化故乡身首合葬。

据《敦化市志》记载：1939 年 5 月下旬，陈翰章所部在敦化县大蒲柴河俘虏了李景文，其兄李相文是伪敦化县警务科密探，李为救他的弟弟，给陈翰章所部送了许多粮食、衣服、胶鞋等物资。后被伪敦化县警务科首席指导官永田善男警正和伪吉林省警务厅注敦化工作班的头头福田警佐得知。认为这是劝降陈翰章的好机会，也是升官发财的好机会，当时日本人悬赏 5000 大洋捉拿陈翰章，得陈翰章“一两肉，一两银，一两骨，一两金”。后伪吉林省警务厅警备科西濑户秀夫和伪敦化县日本人副县长三个岛笃，也伙同进山劝降。陈翰章将计就计诱使敌人上钩，同年 6 月 24 日上午，四个日本人带上翻译杨远清，由密探李相文引路，乘汽车并拉着“慰劳物品”，奔赴约会地点。在牛心顶子山下高丽帽子屯被埋伏的抗联战士活捉。陈翰章把敌人审讯后，在山顶的平场上召开审判大会，处决了前来劝降的日本人，对另外两个中国人教育释放。

一座山就是一段历史，历史从来不会被岁月湮没。现在的牛心顶子山上，依然遗存地窨子、散兵坑、营房、菜窖等设施，无声地述说着中华民族抗争之歌。

小村是典型的东北村落，在深山的怀抱坐看四季分明。

3 月末 4 月初，小村的报春使者是冰凌花。冰凌花学名侧金盏花，是在冰天雪地里最早开放的草本花朵，享有“林海雪莲”之美誉。冰雪开始融化的时候，冰凌花黄色的花朵悄然绽放，娇羞的娃娃脸从冰雪的空隙探视大自然渐渐苏醒的表情。南大河的柳毛塘子最先感受春天的气息。几场料峭的春风吹过，柳树的枝头破壳而出柳毛骨朵儿，这些骨朵儿是柳絮的胚胎，随着天气转暖，柳絮会放飞自己。柳树叶子比柳毛骨朵儿出壳晚，但绝对是最早的叶片，满眼朦胧新绿，给予小村最美的诗意。这个时候，田野里积雪刚刚融化，一眼望去草色遥看近却无，一幅欣欣然的样子。随着气温回升，草本花朵和木本花朵竞相开放，小山村成为美的舞台。在南大甸子里，马莲花的蓝色花朵最吸引眼球。我们一群孩子会痴痴地看上半天，然后像松鼠一样，在几个相邻的塔头甸子间跳跃，贪婪地采一大把马莲花，跑回家插在盛满水的罐头瓶里，放在窗台上就可以欣赏几天。在每家的院子里，果树次第开放，杏花、李子花、梨花、沙果花、苹果花，一树花就是小村院落最好的背景画或插画。

夏天，绿色主宰着这个相对封闭的世界，从初春的嫩绿到盛夏的墨绿，绿意像一个任性的孩子，在大自然的画板上单一调色，细密的绿编织得令人压抑。小村的百十座房子像排列有序的蘑菇，撑起灰黄的屋顶伞，麦草或洋草此时显得温顺。乡亲们顾不上欣赏季节的细微变化，目光盯着玉米、黄豆拔节郁郁葱葱，乡亲们频繁出入田间，完成三铲三蹚的农活。三铲三蹚，既除草又松土还通风，庄稼不误长势。三铲是体力活，又是技术活。老把式要备齐锄头、镰刀头、刮泥板和草帽，镰刀头是刮锄刀用的，时不时地把锄刀的边沿刮得薄薄的；又时不时用刮泥板把沾在锄刀上的泥土刮掉，这样铲地轻松省力。草帽是遮阳用的，当然更少不了一条手巾，搭在脖子上，随时擦去沁出的豆大汗水。铲地要站在垄沟，手握锄柄伸出一锄把远，沿着垄台顺势向后一拉，先是左侧垄台，后是右侧垄台，垄台的土就松了，杂草同时断根，轻轻一回锄刀，就栽下垄沟。贴着黄豆苗、玉米苗长的杂草，则用锄刀的尖角使劲一剔，既铲草又保苗，动作又稳又准又狠，一气呵成，体现一个老把式的底蕴。为了凉快，一般早晨 4 点钟铲地，天热以后可以适当休息，铲下的杂草被阳光爆晒，就枯萎了没有再生的能力。三铲三蹚之后，乡亲们开始期盼丰收的来临。

三春不如一秋忙。秋天里田野一片金黄，村民们要收割庄稼，也不忘进山采山货，大人孩子忙得团团转。庄稼经过收割、转运、打场、入库，才能做到颗粒归仓。庄稼都是人工收割，一把锋利的镰刀，一块水洗磨石，一桶解渴的水，一只左手线手套，两条套袖，这便是收割者的全部装备。来到地头，将水桶放进溪水中，套好套袖，戴好手套，一猫腰开始收割。割玉米讲究多抓少弯腰，一次收割 4 至 6 垄玉米，左臂反手环抱，一次性割完，然后用镰刀一提一带横放在垄上。个子矮力气小的人采取先割倒再整理，不失为好办法。堆好的玉米需要女劳力大显身手，一个竹制的川子挑开玉米窝子，将玉米窝子向两边剥离，一手握玉米棒子，一手握玉米窝子的根部，相对用力，黄澄澄的玉米棒子丢进土篮子，等待装满以后倒入尾随的牛车车厢。收割黄豆讲究时间，一般选择在早晨有露水时收割，可以避免豆荚炸棵，造成豆粒散失。收割黄豆要做到割茬低、不留马耳朵、不留底荚、放铺规范。收割完的黄豆要及时清运，一挂马车在旁边走，装车的人用木杈将一堆堆豆秆抛到车上，渐渐向外向上起垛，最后在豆垛上面插好角锥，用大绳捆绑，就能平安抵达场院。

1978 年秋天，村里出台激励政策，将水稻收割按照人头到户，实行一条龙管理，三天内完成任务，记双倍工分，外加杀一头猪犒劳大家。整个村子沸腾了，水田里到处是忙碌的人群。我们一家人都扑在稻田，奶奶和三弟负责送饭，爸爸妈妈是收割主力，我和二弟可以顶半拉劳力。在转运的时候，记得天上的月亮很圆，照得山村一切清晰可见。人们用扁担挑着丰收的喜悦走向村东场院，成年人挑大担，孩子们挑小担，长长的队伍在你追我赶中向前。没有人喊苦，也没有人叫累，所有的付出都值得。我现在偶尔还能回忆起那个夜晚，那些收割的人们。那一年，改革开放的春风，已经染绿小村的枝头，虽然还没有分田到户，但一缕春风一场暖，乡亲们冰封的心田开始融化，那个月夜乡亲们爆发的热情，让我在懵懂中感知春天的到来。

伴随着收割庄稼，乡亲们的小秋收在忙碌中登场。乡亲们以家庭为单位钻进大山，采摘大自然馈赠的山货山珍，主要有松子、山核桃、榛子、山梨、山丁子、山里红、山葡萄、元枣子等山货，还有松蘑、榛蘑、冻蘑、草白蘑、榆黄蘑、猴头蘑等山珍。采摘回来以后，马上在小院里晾晒，整个院子飘溢着来自森林的清香。这些山珍山货小部分自己留用，大部分要换零花钱。我们哥仨最喜欢的是捂山梨。山梨树长在一处山崴子里，爸爸最先发现它，怕引起其他人注意，就用葡萄藤将树头拉弯，然后固定好。这样梨树不能向上生长，开花的时候，路过山崴子的人无法看到梨花，也就无法知道这里有一颗结满果实的梨树。爸爸将山梨采回家，在仓房摆放上长方形木箱子，铺一层捂梨蒿子，放一层山梨，最上面压上厚厚一层蒿子。用不了几天，梨香就会四处飘散，惹得我们三个小馋猫总上仓房偷吃梨子。当然，一次也不多吃，解馋而已。多少年没有闻到过这样清新的梨香，生活的富足也无法消除岁月的遗憾。

冬天是小村最静谧的时候。外面一片银白的世界，田里没有活计，村民们窝在家中唠闲嗑，当地称为“猫冬”。每天吃两顿饭，上午八九点钟吃一顿，然后在铁锅里煮上大馇子，灶坑里塞上大块的柞木柈子，任灶火慢条斯理地燃烧。下午二三点钟，乡亲们吃下午饭。一碗大馇子，就着秋天腌制的咸菜，生活简单、清贫。两顿饭之间，一家人或左邻右舍围坐在火盆周围，谈天说地，家长里短，说古论今，自是一番风情。日子就是这样度过，东北人俗称“猫冬”。“猫冬”的日子里，火盆是每家每户的必需品。东北有句俗语“坐塌炕，熬干灯，守着火盆不放松”。火盆放在炕上，一家人围坐在火盆周围，边取暖边唠嗑或做家务活，屋子暖洋洋的，人们甚至忘记屋外的冰天雪地。馋嘴的孩子取几个土豆放在炭火灰里，只要看到几股灰柱升起，说明土豆已经烧熟，孩子们就可以拿到一边大快朵颐。炭火就是早晨大灶做饭剩余的炭火，取出放在火盆里。如果客人来访，第一句话肯定是："快来烤烤火吧。"记忆中的火盆是泥火盆，爸爸手工制作。秋天的时候，先从南大河岸边取来上好的黄土，把麻铰成一寸多长的小段，用来做洋搅，然后和黄土一起和成泥。黄泥放上几天，不时往上淋水，这个过程叫"糟"。泥糟做好后，取来一个大小和深度合适的瓦盆，倒扣在一块木板上做模具。把泥反复摔打、拍成片，往瓦盆上贴，厚度大概在 3 厘米左右，直至把瓦盆包严。再用泥做好盆沿和底座，然后把它放在阴凉处，等干到不走形，再把它翻过来，将里面的模具瓦盆取出，用玻璃瓶给里外抛光。最后是放在阳光下晒干，火盆就大功告成。夜晚的时候，火盆就放在地中央，周围竖放潮湿的棉胶鞋，一个晚上鞋就干了。现在根本看不到火盆，它已经退出历史舞台，但火盆留给我们的记忆，却在岁月深处依然炭火正旺。我们还要经常取暖，这些炭火是东北文化的一个符号，值得传承和记忆。

平日里小山村给我留下的回忆不多，但雨中的小山村却印象深刻。雨是那种细细的、慢慢的雨，空气中满是潮湿的雨滴，落在房草上不急着滑下来，在草的缝隙间捉迷藏，然后在草的尽头和小伙伴牵手跳下。落在植物上身影轻盈，留恋叶子的挽留。落在土路上溅起盛开的雨花，灰尘一身轻松地嬉戏。

雨从清晨一直下到黄昏，雨丝轻柔舒缓，小村，烟雨将你慢慢湿润。雨在春暖的影响下，在小村周围升腾薄雾。薄雾中的远山多情而妩媚，若隐若现之间树木清秀寂静，引导目光重新认识这个世界。

我和小伙伴们怀着约会的心情走出家门，不用躲闪也不用跑，想象自己是会呼吸的雨滴。我们像一群喜鹊一样，沿着熟悉的小路向南沟方向出发。一切如此安静、如此简朴、如此轻盈，丰富多彩而又清新的大自然将每一条小路都打扮成一位新娘。多年以后，当我读到英国作家托马斯的《南国》时，脑海里瞬间涌现的就是雨中的小山村。远山，隐约的妩媚楚楚动人，云朵与雨丝营造沐浴的氛围。田野，伸出耳朵谛听雨丝窃窃私语。悠闲的羊群咩咩地打破难得的安静，啃食青草的样子风度翩翩。

有时，雨中玩耍的天堂就是自家的院落。麦秸的屋顶散发穗子的气息，滑落的雨滴穿透风的胸膛。墙角的几株梨树、杏树，白色和粉红色的花语端庄得像一个淑女。篱笆墙下的绿色出落得随心所欲，虽然绿色对于小村是微不足道的礼物，但在童年的心里很美丽。方圆几里的春天，宛如一幅水墨丹青的画卷。亲昵着湿润的春天，湿漉漉的心空，早已是草长莺飞柳含烟。纯洁的大地、阳光、雨丝、绿草、野花，快乐和美由此产生。

雨中的小村是诗意的，晴朗的小村是灵动的。

麻雀和燕子从晨曦初露就开始不安分，在村子中飞来蹿去。麻雀喜欢热闹，数十只或立在枝头或蹦跳于院落，叽叽喳喳叫个不停，仿佛一场激烈的辩论赛。不知受到什么刺激，整个鸟群像一个漩涡，打着旋儿腾空而起，寻找下一个辩论的地点，继续无聊争吵。燕子三五成群，飞行的时候热衷于攀升和俯冲，有些炫耀技巧的想法。它们也经常立在电线之上，排成一排，用沉默抒发此时的情感。

麻雀和燕子是我们眼中的精灵，更是小村的灵动之气。但人们更欢迎燕子，把燕子的筑巢落户视为吉祥的象征，没有人做出伤害的举动。麻雀没有那么幸运，淘气的孩子想尽办法把麻雀变成美味。但成功的案例鲜见，因为麻雀的警惕性很高，有点风吹草动就远走高飞。

麻雀以各类种子和幼虫为食，村民院子里的谷草垛成为它们的天堂，可以不费力气寻觅秸秆间遗留的谷粒。当然，立夏以后各类粉蛾的出生，麻雀有时对食物产生新的欲望，粉蛾有时会成为它的猎物。只是偶尔，多数情况下还是一场闹剧。

2020 年 5 月 19 日清晨，因为下雨无法散步，我索性阅读《醒来的森林》，挽留这段美好的时光。约翰·巴勒斯关于麻雀与粉蛾的较量，填补了我的童年记忆。当它们追逐了几米远时，麻雀陡然往草丛上一扑，然后又飞了起来。当麻雀的搜寻又接近时，草蛾也缓过气来。麻雀恼羞成怒，叽叽喳喳地叫着，誓不罢休。毫不费力地紧追着逃跑者，它随时准备停下来一口咬住它，但却从未成功。不久，它便厌倦了这种徘徊于失望与期望之间的游戏，回归到它那更合乎逻辑的生存方式之中。

每个人接触鸟类的时间地点不一样，留下的印象深度不一。2019

年12月31日上午，我在读英国作家乔治·吉辛《四季随笔》，他的关于鸟类描写深深地吸引了我：我的园子里满是鸟儿嘹亮的鸣叫。空气中充满了无休无止的笛音、哨音和颤音，以至于响彻天庭，形成野性的大合唱。时不时地，我注意到一只小鸟收紧喉咙，狂喜地引颈高歌，想要超出其他的同类。这是一个尘世中的孩子不可能组成的赞美诗班，它们没有这般的音色，也没有这般的激情。我听着听着，被它们光芒四射的喜悦之情照耀感染，忘了自己和周围的世界；我的生命融化了，我的眼睛因为深刻的谦卑而模糊了。

双龙村现有耕地1320亩，主要生产玉米、黄豆、谷子和水稻，1983年粮食总产量43万余斤。这里属于敦化市三类气候区，原来只种植玉米、谷子和黄豆。1970年我家搬来以后，上级号召种植水稻，因为父亲年轻、有知识，管理水田的任务落在他的肩上。水田主要集中在村子的南部和西南部，有16垧左右。为提高积温，在村西路的南侧，挖一个晒水池，大河的水要先到这里晾晒，才可以送到水田里。

晒水池是大鹅和鸭子的天堂，周围几家春天孵化的小鸭小鹅，每天会成群结队来池塘玩耍。在水里游够了，就到岸边草丛里歇息。鹅嘴巴锋利，经常啄食池塘边的稗子草，稗子草被鹅啄食得七长八短，只剩下草径倔强生存。鸭子喜欢啄食水塘的泥鳅鱼，你若看见鸭子一个猛子扎进水里，脖子浸在水中，胖胖的身躯在水面直立，那一定是它在追逐猎物。日出日落，小鸭小鹅渐渐长大，欢快的叫声响成田野牧歌。

我对这片池塘印象深刻，源于我和二弟在这里捞过泥鳅鱼。有一年冬天，刘忠大爷从黑龙江鸡西市来到我家。大爷给我和二弟带来平时吃不到的面包，我们很是开心。鸡西是煤炭城市，大爷居住的滴道区有很多矿井，下井矿工的工作餐就是面包。大爷不在矿上工作，但通过关系弄来一些面包，从鸡西坐火车，中间要中转牡丹江、图们，才能到达敦化，爸爸再用生产队的马车接到双龙村。为接待好大爷，我和二弟凿开晒水池水口的冰层，在泥浆中捞起半桶泥鳅鱼，兴奋而得意地回家。以后的几天里，泥鳅鱼成为每餐必备小菜。

晴天的时候，爸爸只穿一件褂子、长裤和黄胶鞋上地，长衫舍不得穿。雨天或露水多的时候，爸爸穿着雨衣、雨裤和雨鞋，扛着一把尖锹，在水田埂之间走动，整理水口、清理杂草、观察长势。6 月初秧苗下田，在爸爸的精心呵护下，10 月上旬开始收割，望着沉甸甸的稻穗，乡亲们知道今年的餐桌上可以吃上大米饭。因为水稻丰收，父亲被乡亲们选为先进生产者。

爸爸心灵手巧，下放前在县钟表厂当学徒，下放后先后做过油坊榨油工、木工、电工，现在又学会种植和管护水稻，以后又学会酿酒、铝合金制作、电线拉线、十字绣等，我们哥仨没有一个随父亲的聪明劲儿。我曾在爸爸 60 岁时写过一首诗《打工的父亲》，诗中的父亲与生活中的父亲一样无奈。

60 岁的父亲

在工地 您为自己的晚年
打工 日出而作 日落而息

人们都说您聪明
干啥像啥门门都是手艺
丰收。您呵护的水稻
金黄了小村十个秋季
巧手。锛刨斧锯
能修犁也会打一些漂亮的家具
制酒。您是小镇第一个学成的徒弟
酒的品质是乡亲们谈论你的话题
电工是您干得最长的一份工作
一纸农民工的合同使晚年着凉

望着您的背影
我总是问自己
为什么打工总是纠缠您的命运

在敦化市的地图上，双龙村只是点，标明村庄位置。但在我的心中，它是鲜活的名字，北山、南大河、南沟、上坎儿、下坎儿，轻轻地唤上一声，我就会醉倒在乡情里。德国文化学者扬·阿斯曼说，“回忆不是重建过去，而只是一种对过去的再现。……它并没有把过去的东西带回来，而只是在现实中一再重新建构。”

1980 年，我 12 岁的时候，为了方便读书，我家搬到镇政府所在地牡丹屯，从此离开双龙村。由于上学和工作的原因，在这之后前后回去 5 次。每次我都让记忆中的风景引导着我，利用短暂的时间走段路，看看熟悉或陌生的景象。对于新的房屋和栅栏，我不感兴趣。一些陈年物件，却总是令我兴奋。我有时认为新建筑是一种时代的语言，虽然新鲜光亮却没有历史的沉淀，没有凝聚大众的情感。但那些老物件，却因为岁月的影子镶嵌在时间的纹理中，尽管它残缺而又灰暗，古老而又模糊，但它已经融入我的血液，成为记忆的一部分。我认为没有任何事物比那个泥草房、高矮不一的栅栏、宽阔的南大河、高贵的群山及葱郁的树木更可爱。

第一次是 2001 年 10 月参加堂妹小妮子的婚礼。我和妻儿陪父母回双龙村。吃过午饭，我坐车直奔东大甸子，想看看南大河上游的柳林。站在石拱桥上，南大河瘦瘦的河床中水流无力，两岸稀疏的柳树在秋风中略显单薄。整个河流看上去尽显病态，两岸的农田刚刚收割，田间地头已经与河床接壤，随处可见河水撕裂的痕迹。记忆与现实的差距巨大，我只能被动接受现实的残酷，一缕秋阳照在我的背影，我的眼前幻化成儿时的模样。

第二次是 2009 年 10 月 18 日吊唁去世的刘林大爷。那个夜晚很黑，水泥铺成的村路省去脚下的坎坷，心生暖意。夜色中铁栅栏的院落闪着金属冰冷的光，几棵果树在星光下沉默不语。金属比木质坚硬，按照主人的愿望冷峻站立，蓝色的油漆夸张地炫耀。还是喜欢童年的木杖子，年久得有点东倒西歪，但雨天生长的木耳、缠绕在其间的牵牛花、顺着杖子攀爬的角瓜花，一只麻雀蹲在杖子上面唤醒黎明，这些都能带给我诗意的感动。

第三次是 2014 年 11 月应堂弟德金的邀请，回去小聚。德金的房子是在我家老屋的旧址新盖的，三间大瓦房很气派。东屋是大娘居住，保留火炕。西屋是德金和弟妹的卧室，一张双人床散发现代气息。厨房是清一色白色瓷砖，简洁干净。东头是卫生间，有抽水马桶和淋浴。房屋后面是牛舍，圈养着五六头牛，每头牛的价格都在万元以上。房前屋后转上一圈，令我有陌生的感觉。因为和记忆中的院落相差太远，我只能靠模糊的记忆补缀乡情。记忆中老屋的后面是山坡地，栽植杏树、沙果树和李子树，但现在房子就建在山根下，我怎么也想不明白。

第四次是 2019 年春天去吊唁德金的母亲。数根木杆子横竖支起破旧的帆布，灵棚简单实用。白炽灯照得灵堂多了些生活气息，两边的白色挽联在夜色中刺目，路过的人小心翼翼。村路的右侧停着十多辆私人汽车，都是前来吊唁的亲朋好友。道路两侧的大门下，在两个门柱之间撒着一条灶灰，防止故去的人串门。没有心情四处走，在屋子里与一些似曾相识的面孔客套寒暄。有的人能够想起来，依稀记得一些事情。有的人怎么提醒也打不开记忆的闸门，往事在记忆中凝固。我很讨厌这种见面，长时间没有相聚，每个人都可以指出我的疏忽，我也无法确定他们谈话的信息。但我必须倾听，倾听是我对待乡情的态度，我要在倾听中寻找记忆的断层、寻找久违的快乐。

第五次是 2020 年 5 月 16 日途经双龙村到牛心顶子山下，随陈国祥看望一个朋友。山下正在修建高铁，已经施工 3 年多了，建成以后从敦化直达长白山，单程不足 40 分钟。这个朋友为修建高铁提供服务，目睹着一条巨龙向寂静的大山深处摇摆。站在山脚下，望着远处的长龙，内心生出许多感慨。80 年前，这里是争取民族独立的一个战场，抗联战士以血肉之躯谱写英雄赞歌；80 年后，这里是高铁建设的一个标段，施工人员用智慧汗水构筑时代速度。信步前行遇见一条溪水，清澈的溪水欢快流淌，川丁子鱼在溪水中肆意游玩。川丁子鱼是野生冷水鱼，对水质要求极高，从而说明牛心顶子山是不可多得的一片净土。

就是这样一个小山村，却使我魂牵梦绕了很多年，一直认为根就在这里，我的情感和创作的根在这里。只要一谈到关于故乡和乡愁的话题，我的脑海里就会自然回忆起小山村和岁月的点点滴滴，笔下流淌的也是小山村的气息和神韵。

搬家的理由

那是1971年冬天的一个清晨发生的事件。事情已经过去近50年，但我依然记忆犹新，那两串马铃声在寒风中顽固地响个不停，叮叮当当地敲打离别的愁绪。

记得那天早晨寒风刺骨，两辆大胶轮马车给我们搬家。前一辆车上捆绑着简单的家具和被褥，爸爸、妈妈、太姥爷、舅爷躲在家具的后面，穿着臃肿的棉衣，一边借着家具遮挡风寒，一边冲大爷、大娘还有邻居挥手告别，示意他们赶紧回家，别在寒风中着凉。后一辆车上装满四五米长用来烧火的木柴，在车尾往下弄一个避风窝，铺一些稻草，奶奶左臂弯搂着我、右臂弯搂着二弟，蜷缩在里面避风。当时我三岁、二弟二岁，根本不知道搬家意味着什么，只是感觉很新奇。看到大人依依不舍的样子，也没有伤感和痛苦。望着渐渐远去的革新屯，在马铃声中消失在视线中，只有一条白雪皑皑的乡路紧紧尾随马车，甩也甩不掉。

1968 年 4 月 9 日，我出生在敦化县革新村。革新村是成立人民公社以后取的名字，寓意革旧迎新之意。这个村子原名是刘家堡子，我的祖上在这里安家落户，因为祖籍是河北省昌黎县人，以姓为屯名才有这个名字。村庄名称的有趣之处，不仅体现不同历史时期，更在于传承村庄的历史沿革。

当年，爷爷堂兄弟九个都生活在这里，是一个数十口人的大家族。为了防止土匪袭扰，修筑一圈高高的院墙。后来，一些闯关东的人家在院墙外搭建泥草房，在这里住下来，逐渐形成一个村落。作为大户人家，爷爷奶奶们乐善好施，能帮的就帮一把，在方圆百里口碑很好。奶奶经常说："就连乞丐上门乞讨，也是好酒好菜伺候，然后装上米面，让马车夫给乞丐送回家"。我曾好奇地问奶奶："为什么这样呢？"奶奶说："乞丐上门乞讨，就是遇到难处，日子过不下去了，能帮就帮一把，谁没有个三灾两难的。再说，我们这也是怕报复啊。"我更好奇了，接着追问："乞丐报复什么？"奶奶说："有一年，一个乞丐上西黄泥河的一个大户家乞讨，结果被轰出来。乞丐怀恨在心，在麦子成熟的时候，上大户人家的麦田里放了一把火，八百亩麦子烧得一干二净，一年白辛苦。从那以后，凡是上门乞讨的，我们都以礼相待，尽量不得罪他们。"我明白爷爷奶奶们的乐善好施，一方面是本性，另一方面是畏惧，根本上是艰难岁月的生存之道吧。

革新村是滋养父母爱情的地方，说起父母爱情，后来我们才知道是秧歌做媒人。

父亲年轻时很苦，3 岁的时候爷爷去世，奶奶在太姥爷、舅爷的帮衬下，抚养伯父和父亲，当时伯父仅 10 岁。父亲在革新村读小学，在县一中读中学。父亲学习成绩优秀，体育特别好，曾任一中校学生会体育部部长。以爸爸的成绩本来可以读师范院校，可以拥有更好的前程。但因为家庭出身问题，只好初中毕业以后选择就业。他先后在秋梨沟横道河子油坊当榨油工、县钟表厂当学徒工。从 1960 年下半年开始，国家为了克服连续 3 年自然灾害所造成的暂时经济困难，决定精简下放干部职工。1962 年，“下放”政策在敦化开始实施，奶奶、父亲、伯父、伯母一同下放到革新村当农民。当时伯父和伯母分别在县四商店和县二百货商店工作，拖家带口一家人重新回到革新村，开始脸朝黄土背朝天的艰苦生活。下放前的生活异常艰苦，作为过来人，回忆起那段心酸的日子，父亲无奈地说：“我们下班以后，不是马上回家，而是立即到菜队的农田，捡拾菜农丢弃的白菜帮子和白菜叶子，回家切碎洗净和玉米面一起熬粥，对付一顿总比饥饿强。”

1967 年春节，革新村组织秧歌队，父亲是队员之一，当年 23 岁。东北大秧歌是一项古老的传统娱乐活动，主要形式有秧歌、龙灯、旱船、扑蝴蝶、打花棍、高跷等，统称为“秧歌”。东北秧歌形式诙谐、风格独特，“稳中浪、浪中梗、梗中翘、踩在板上、扭在腰上”是最大特点，花样繁多的“手中花”、节奏明快富有弹性的鼓点、哏、俏、幽、默、美的韵律，都是东北秧歌的特色。秧歌队的服装色彩丰富艳丽，多以戏剧服装为主，最为常见的是《西游记》中唐僧、孙悟空、猪八戒、沙僧的扮相，深受围观者喜爱。进入正月，无论城镇还是村屯，到处都有秧歌队欢快活泼的唢呐声、锣鼓声。从初二开始，秧歌队开始走村串屯拜年贺喜。事先由秧歌头沟通好，秧歌队一到，点燃一挂鞭炮迎接，演出结束，或招待烟酒，或留下吃饭、或给点赏钱自寻方便，总之没有空手而归的。

正月初四那天，秧歌队到三里地外的德胜村拜年。在大队部门前的小街上，一挂鞭炮响过，秧歌队欢天喜地给村民拜年。18 岁的母亲在拥挤的人群中欣赏秧歌，在众多的舞者中，她注意到父亲。年轻的父亲英俊帅气，每一个秧歌动作都牵动着母亲的目光。母亲不止一次说过：“你们的爸爸就是帅气，我一眼就相中了”。

母亲当时家境贫困，姥姥 39 岁去世，姥爷一个人抚养 7 个孩子，三个儿子四个女儿，母亲在女儿中排行老二。那个时候，大姨已经结婚，在县城工作，生育两个男孩和两个女孩。母亲虽然只有十八岁，但想着只要嫁出去，就能够减轻家里负担，就把想法说给姥爷和大姨，两人权衡再三同意了母亲嫁人。经过媒人牵线搭桥，父亲和母亲很快结婚，1968 年 4 月 9 日就生下了我。

一个小生命开始艰难的人生旅程。怎样一个艰难呢？据母亲讲，我出生以后，由于母亲奶水不足，我被饿得皮包骨头，一副小身板顶着一个大脑袋。正在哺乳期的好心邻居大婶看我可怜，就想喂我几口奶水。可我偏偏不领情，不肯吃奶，还一个劲地用小手抹着嘴巴。气得大婶说："小犊子，好心当成驴肝肺，还嫌我埋汰，饿着你就好了。"父亲和母亲只好用白糖冲点糖水，把煎饼在糖水里泡软喂我。看到我可以吃煎饼，为了帮助我家渡过难关，全村人不管谁家摊煎饼，都像约好了似的，给我家送 10 张煎饼。后来，一位张姓大爷对我的父母亲说："我家有一只母山羊，现在正产奶。你们每天早晨来挤一大茶缸子羊奶，回去煮一煮，喂孩子吧。"就这样，两个月的羊奶帮助我度过生命里最初的饥饿考验。每当想起这些事情，我的心里既感激又内疚。曾经帮助过我的人，我真的叫不出你们的名字，也没有给予任何回报。古人说，滴水之恩当涌泉相报。但是随着时间的流逝，曾经帮助我的人渐渐老去，报恩已经成为一件奢侈的事情。唯愿留下一颗感恩的心，在以后的岁月里成为一种美好品质，那也没有辜负曾经帮助自己的人们。我曾在诗歌《乳羊的回忆》中描述这段经历，表达我的感恩之情。

每当想起乳汁的时候
就会想起邻居张老伯

在我出生后
八个月的那个冬天

伴随太阳
由清晨滑向黄昏的脚步
给予我和阳光一样的温暖
从山羊的乳袋
挤一搪瓷杯羊奶
在灶门的炭火上
慢慢地煮沸 喂
一个骨瘦如柴的孩子
让年轻父母的微笑
在奶香中绽放
那一滴滴浓香的羊乳
成为孩子生存的血液

那个孩子长大了
奶奶 爸爸 妈妈
都讲过这段往事
他的心中 永生着
老伯还有和老伯一样的人
一个民族最伟大的东西
被这个孩子接受
和他的年龄一起成熟

形成一种品质

当时年龄小，不知道搬家的原因。但我结婚后一次家庭聚会，旧事重提，母亲不无伤感地说："搬家就是为了能吃上煎饼。我上双龙村你七奶家串门，每顿都吃大煎饼，我想这生活多好啊，就动了搬到双龙村的念头。后来你刘财大爷帮忙把手续办下来了，我们就搬到了双龙屯。"

当年，母亲上双龙村是参加刘德发的婚礼。德发是刘林大爷的长子，按照辈分叫母亲婶子。母亲带刚会走路的二弟参加婚礼，贺礼是两个刺绣枕套，当时在县第二百货商店花5元钱买的。当时人们生活清贫，随礼基本上以实物为主，多是枕套、洗脸盆、暖瓶、茶盘、茶壶、肥皂盒、圆镜子等，一般关系礼金二元，有往来礼金三元，不错关系礼金5元，特殊关系礼金10元。谁家孩子出生，三尺蓝布和50个鸡蛋，就是不错的贺礼。

德发大哥结婚，我没有在现场，无法还原当时的情况。但大嫂却十分满足，有一次谈起结婚，大嫂骄傲地说："我是老刘家最后一个用花轿抬进家门的媳妇。"可以想象这样的画面：德发骑着大马，披红戴花，意气风发迎娶大嫂。大嫂乘坐一顶花轿，一路吹吹打打出嫁。我参加了德坤二哥和二嫂的婚礼，当时我们前后屋居住，我见证了他们的革命化婚礼。新房的北墙上贴着毛主席画像，新郎新娘面向画像站好，胸前红色的纸花别在红色像章的下方，看上去一片火红忠诚。在大队书记主持下，背诵一段语录，然后冲画像三鞠躬，婚礼圆满礼成。二嫂没有坐上花轿，之后的媳妇们也没有花轿迎娶，算是应了大嫂那句话。

当年家庭普遍贫穷，礼尚往来贺礼虽少，但感情真诚，令人无法忘怀。

2017年8月20日，父母和大爷在我们兄弟的陪同下，去太平山南山脚下看望郑家表姐。席间，姑姑家大表哥兴奋地与在海南旅游的嫂子视频聊天，向她介绍在座的亲人。

在介绍父母的时候，大嫂说："老舅、老舅妈，我对你们印象深。当时我和立忠处对象的时候，第一次到婆婆家，就遇见老舅和舅妈，你们当时还给我5元钱见面礼呢。"

父亲不好意思地说："5元钱你还记得，难为你了。当时穷啊，要是现在怎么也多给点。"

嫂子笑着说："老舅，您的心意我一直记着。那时家家都不富裕，5元钱已经不少了。"

那一年，我家的收入是多少呢？现在恐怕父母都没有印象，但我却一辈子记得。

1980年春季，为给孩子们创造良好的学习条件，父母到社办林场酒厂上班，家就搬到公社所在地牡丹屯，借住在赵姑家西屋。赵姑本姓郑，是爸爸的姑表姐，随夫姓我们称呼为"赵姑"。西屋是一个通铺，中间有一个木质隔断，内侧为父母居住，外侧是奶奶和我们三兄弟居住，白天的时候在炕上吃饭。

当年的腊月二十三，也就是小年。父母很晚才回到家，夜深人静的时候，我听见隔壁有人在数钱。接下来是妈妈低低的声音：“这150元钱，90元存起来，60元过年，总得给大人孩子添件新衣服。”“行，就这么办，省着点花吧。”爸爸心有不甘，但话语中透着些许兴奋。

我知道这是父母一年的收入，当手指与钞票摩挲的时候，父母肯定有满足感，因为比在双龙村劳动挣得多。但还是要算计着过日子，吃不穷喝不穷，算计不到会受穷。从这个收入看，5元钱的见面礼谈不上阔绰，但也不算少，嫂子在心里记这么多年，是一个讲情分的人。

我不厌其烦地记录这些事情，专注20世纪70年代初期乡村民俗，留下一些生活信息，或许只是少量事实，终究会对阅读和研究提供有益的素材。随着时间流逝，个人的生活体验和所思所想，成为获取时代遥远而扭曲的影像。

双龙村里我家的亲戚多，母亲参加婚礼以后被盛情挽留挨家坐一坐。从刘林、刘信、刘财、李国友、于财、王太君等家转下来，母亲有一个重大发现，家家都有一个不足一米高的柳编煎饼囤子。想吃煎饼的时候，从煎饼囤子里取出煎饼，放在旁边秸秆穿成的盖帘上，先掸上水湿润，然后再对折成长方形，之后就可以上桌食用。桌上的菜都可以卷在煎饼里吃，实在没有菜，一棵大葱也是好的搭配。母亲见亲戚家家都有煎饼，羡慕之余萌生搬家的念头。

母亲对我的七奶说：“七大娘，双龙村粮食多，家家有煎饼吃，我也搬这来吧。”

七奶笑着说：“你能说了算，不用征求小刘礼的意见。”

母亲急忙说：“七大娘，我说了算。”

七奶指着儿子刘财说：“你刘财哥是队长，让他给你办。”

就这样，在刘财大爷的帮助下，我家搬到双龙村。家是安顿下来，期间的心酸母亲至今难忘。当时在双龙村买的两间土坯房花费 200 元，母亲只有 40 元，是卖一头半大猪的钱，其余的钱都是从亲戚处借债。母亲回忆说，刘林、刘信、刘财、李国友、于财、王太君，这些亲戚少则 10 元，多则 30 元，帮助我家渡过难关。乔迁之喜的宴席，刘财大爷和大娘安排两桌，给我家撑足面子。父母在革新屯的房子，本来有户潘姓人家要买，但要走生产队的往来账。父亲想那还不如留给自己的哥哥，也就是留给我的大爷家，他家五个孩子，原来的房子破旧。因为是亲兄弟，父母没要现钱，抵顶欠生产队的往来款 380 元。这些往来款是太姥爷和舅爷欠下的，父母结婚与他们生活在一起，自然要接受这些债务。

往来账又叫社员经济往来手册，是记载农业社与社员之间发生经济上往来事项的一种订本式凭证，发给每户一本，社员从手册中一目了然看出自己和合作社之间在经济往来上的全面情况，便于随时进行核对。在当时的情况下，靠种地吃饭的生产队一个工的收入在几角钱至一元多钱不等，所以记工分马虎不得。当时由生产队长负责召集上工、派活，同时负责记录工分。记工分有不成文的规则：一般整劳力劳动一天记一个工 12 分，“小半拉子”劳力，一般指十四五岁小孩，劳动一天记半个工 6 分；“大半拉子”劳力，一般指十六七岁的男孩子，劳动一天记大半个工 8 分或 8.5 分。年终结算，这些工分要折合成收入。在我的记忆中双龙村有一年一个工的收入是 1.2 元，在全公社属于上等，扣除一年支出一个家庭能剩余五六十元钱。当然，有的生产队收入少，计算下来一个工几毛钱，扣除支出一个家庭要欠生产队几十元钱，碰上家里人有病有灾，支出较大，在生产队的往来账上形成不小的欠款，成为这个家庭沉重的负担。一直到分田到户的时候，有的家庭依然还着往来账。

现在我们还是说说煎饼吧。煎饼是我国北方地区传统主食之一，现代煎饼相传发源于山东泰安。1967 年泰安市省庄镇东羊楼村发现了一份明代万历年间“分家契约”，其中载有“鏊子一盘，煎饼二十三斤”。由于“鏊子”的出现，我们可以确知，最迟在明代万历年间，现代煎饼的制作方法就已经存在，那时的“煎饼”和现代的“煎饼”指称的是同一个食物。关于煎饼的制作方法，清代大文人蒲松龄在《煎饼赋》中得以完整呈现：“溲含米豆，磨如胶饧，扒须两歧之势，鏊为鼎足之形，掬瓦盆之一勺，经火烙而滂，乃急手而左旋，如磨上之蚁行，黄白忽变，斯须而成，‘卒律葛答’，乘此热铛，一翻手而覆手，作十百于俄顷，圆于望月，大如铜钲，薄似剡溪之纸，色如黄鹤之翎，此煎饼之定制也。”煎饼种类较多。从原料上看，有小麦煎饼、米面煎饼、豆面煎饼、玉米面煎饼、高粱面煎饼、地瓜面煎饼等等；按口味不同，有咸煎饼、酸煎饼、甜煎饼、五香煎饼等等。煎饼不易变质，易保存。卷以小菜而食，则风味别致。

由于东北的居民很大一部分是闯关东的山东人，所以山东大煎饼在东北安家落户，成为粗粮细作的老字号品牌。记忆中摊煎饼首先要把苞米磨成馇子，去净苞米皮，再把泡开的黄豆，按比例掺到里面，泡上一晚上水，第二天用石磨碾，磨出的是水面子，把水面子再放几个小时"控控"，摊出来的煎饼的口感好，筋道，存放的时间还长。摊煎饼是个技术活。支好鏊子后，慢慢把鏊子温热，就开始摊煎饼。首先用抹布蘸豆油在鏊子上抹一圈，这样就不粘鏊子，然后舀一勺水面子放到鏊子中间，用轮耙将水面子顺时针摊开，动作要快，这样摊得均匀，摊得圆满。看火候差不多了，再用刮耙顺时针轮圈刮，直至把粘到刮耙上的面子刮干净，这张煎饼就熟了。用手轻轻一掀，一张又薄又筋道，又有点甜味的煎饼就揭下来，放到用高粱秆串成的盖帘上，最后再摆放在放煎饼的囤子里。吃煎饼最好是卷大葱、卷土豆丝、炒芹菜、小豆腐，烙煎饼饸子，这样既好吃又方便。特别适合农民下地干活带到山上"打尖"用。那阵子，左邻右舍都特别和谐，亲亲热热好像一家人一样。由于鏊子比较少，都是很多家凑一起摊，左邻右舍互相帮衬，累了就换换手，歇一歇，没有那么多客套话。摊煎饼是个辛苦活，头部热气熏蒸，腰部灶火燎烤，还要一直保持站姿，左手掐腰，右手在鏊子上面挥来挥去。每次我家摊煎饼，妈妈都要累得腰酸腿疼，歇上好几天才能缓过劲。妈妈摊煎饼用火比较讲究，清一色柞木柈子生火。柞木是硬杂木，燃烧以后耐火时间长，能够保持鏊子处在一个稳定的温度，即减少添柴的次数，又保证煎饼的受热均匀，摊出的煎饼薄中有韧性，口感非常好。

为了能吃上煎饼而搬家，在今天看来够得上荒诞。但在当年就是那样无奈，让人心酸的无奈。而这种无奈绝不是孤立事件，在生活中到处可见，并且整整影响了一代人。那种对饥饿的恐惧，深深地攫取每个人的心，影响着每个人对未来的判断，只要是能够填饱肚子，就是最佳的抉择。不知不觉中，我们都被时间推着向前走，饥饿已经成为一段不堪回首的记忆，为我们的幸福生活背书。

现在，在我居住的小城，煎饼已经成为旅游纪念品，品种已达20余种，著名的品牌有“长有煎饼”“小万庄煎饼”等。小万庄的“五粮煎饼”融合大米、玉米、小米、花生、大枣的品质精华，是中华名小吃。现在大多数煎饼加工坊使用电动鏊子，不用烧火、不用频繁挥动轮耙，省去很多力气。也有一少部分的煎饼加工坊还是传统制作工艺，由于柴火火焰参与煎饼成熟，五谷的香气在加工坊内升腾，顺着敞开的门窗飘到街上。

作为品牌企业，小万庄煎饼和长有煎饼一直引领敦化煎饼行业发展，先进的生产工艺，精准的生产管理，为企业在业内赢得口碑。在小万庄三楼生产车间，工人进入车间要更衣、洗手、消毒，工作人员细致地擦拭刚刚碰过的门把手，防止沾染外界的灰尘细菌。生产经理刘喜艳说：“这里的无菌车间，条件已经达到药厂标准。”敦化大煎饼声名在外，外地人到敦化出差办事，临走的时候，总忘不了买上一两箱敦化大煎饼，品尝薄透、松软、酥脆、香甜的粮食味道。

我家居住的小区东侧临街有个小芳煎饼加工坊，每天晨练回家经过这里，远远就闻到煎饼的香气，脚步自然慢下来，贪婪地吸上几口童年的滋味。

卧虎山杏花

只要一想到双龙村，第一时间涌入脑海的就是春天卧虎山崖头满目的杏花。

卧虎山本来没有名字，只是村北的一座长不足 2 里的小山，整个村子就坐落在山脚下。我为什么给它起名卧虎山呢？

那是 5 月，一个雾气缭绕的上午，我在南山上采野菜。偶然间向村子望去，发现薄雾中的北山宛如一只猛虎卧在那里，村西的山砬子像猛虎威武的头部，由西向东山势平缓，小村就坐落在虎脊和虎尾的山脚下。我为自己的发现而惊喜，卧虎山就一直萦绕在我的心里。

1991 年 8 月 3 日，我在办公室翻阅当天的报纸。《延边日报》上有一个《延边风物》栏目，介绍延边的秀美风光和故事传说。我写点什么呢？刚刚闪现这个念头，卧虎山便不请自来，盘踞我的脑海，卧虎山杏花瞬间开放，整个人便浸染于乡情弥漫。写一写卧虎山和杏花，让双龙村美景走出封闭的大山。按捺不住内心的冲动，我创作了一篇短文《卧虎山奇观》，寄给了《延边日报》，结果文字10日见报。记得当时看完文字的人大都不以为然，人们还是唤它“北山”，更没有几个人记得北山曾经有名字。我不介意没有人关注，我的命名属于个人行为，卧虎山依然只是我一个人的称呼。我也没有感觉失落，反倒有一丝窃喜，因为这是属于我和卧虎山的专利。就像热恋中的情侣，都会有专属的昵称一样，卧虎山只属于我。

在《卧虎山奇观》中，我深情地写道：卧虎山本没有名，它只是敦化市贤儒镇双龙村村北的一座小山，因我在这里生活了十年，对这里的一草一木有着深厚的感情，所以给她起个名字“卧虎山”。

说到奇观，也仅就我的感受而言。因为它实在太普通了，普通的只是一座长不足千米的小山，不能与名山相提并论，但也有值得一提之处。整个山体酷似一只伏卧的猛虎，从远处看，头、足、颈、背、尾无一不一目了然，使人顿生栩栩如生之感，惊叹大自然的鬼斧神工。在晴天，你可以登上南山向北眺望，可见一只猛虎卧在地上，愈是仔细端详，愈是觉得真假难分。我住的小村子就坐落在山脚下，整个村子一分为二，中间有村路隔开，道北的人，只消十几分钟就可以踏上“虎背”。满山杂树丛生，但最多的还是柞树和杏树。村里每户人家的院子里都有几棵果树，品种不一，但基本上都是沙果、李子和樱桃等。

卧虎山最美的时候要数春天。五月初，当叶蕾初绽时，杏树开花了。这时，值得一观的是，卧虎山的整个头部都开满杏花。那粉红、粉白的花朵一簇簇、一层层，令人目不暇接，神迷心醉。因卧虎山的头部是一个悬崖，如果你仔细看，可以看见杏树形态各异，有扭曲着向上生长的，有俯身探头的，有金鸡独立的，也有万众一心的。因为这里很陡峭，很少有人攀缘上来折花，所以保存得很好。说来也奇，这杏树只是山的头部有，别处就很少。再过几天，村子里的果树开花了，白色的如朵朵洁白的浪花，使人油然而生香雪海的赞叹；粉红色的娇艳欲滴，颤颤的，朦胧的色彩宛如少女的秋波。山头山脚，一片花的海洋，一片绿的世界。

文字稚嫩朴素，宛如一幅白描的风景。亚米哀说，风景是一种情感状态。但佩索阿则认为，这句话是一个虚弱的做梦者的一块有瑕疵的宝石。一旦风景成为风景，它就不再是一种情感状态。我倾向于亚米哀的观点，卧虎山只是一座普通小山，在大多数人眼里根本没有风景，但在我的情感世界，卧虎山杏花滋养了我对美的最初认知，在我幼小心灵留下美的记忆。

我对记忆没有研究，认为这是一种私人行为，完全是个人的事情。2019 年 7 月，高维生老师赠我阿莱达阿斯曼著《记忆中的历史》，才重新定义自己的行为。阿莱达阿斯曼和她的丈夫扬阿斯曼共同创造了“文化记忆”“交流记忆”两个术语。所谓文化记忆，是一种文本的、仪式的和意象的系统，其分为功能记忆和储存记忆。“功能记忆”又称“定居记忆”，功能记忆与集体、个人等载体相关联，贯穿过去、现在和未来，具有选择性，把个人的记忆和经验勾连成一个整体，作为

“生”的自我形象，给予行为以方向性。因此，主体可以通过功能记忆取舍过去，在时间性中再构事件，赋予人生以价值标准。储存记忆亦被称为“未定居记忆”，它与特定载体切断联系，割裂过去、现在和未来的关联，价值没有高下之分，因为追求真实，储存记忆保存了价值和规范。储存记忆的功用在于更新文化知识的基本资源。

我认为我的记忆属于功能性记忆，双龙村、卧虎山、杏花贯穿我的过去、现在和未来，我用文字再构记忆中杏花村庄，让其在我的生命中温暖存在，让其在读者心中留下印记，这就是我写作的价值。

卧虎山的杏花对我的童年很重要，对小村的人们更为重要，它是小村农耕文化的缩影。

“杏花开，种大田，种子不遇‘倒春寒’”。

种地老把式陈爷爷这样对我说。春风渐暖，生产队开始组织劳力维修农机具、领取备用的种子，给牛马更换新的掌钉，做好春播的准备。这时卧虎山的杏树枝头点点泛红，花蕾在春风中举起粉红色的拳头，绽放的欲望正努力挣脱胞衣的束缚，期待向世界炫耀自己的青春。在一个明媚的早晨，满树满枝的花朵在崖头吟咏春天的赞美诗，小村的人们发现卧虎山悄然苏醒。像接到传递的信号，几天的时间卧虎山的杏树都进入了花期。勤劳的村民们悬着的心终于落地，杏花开放就不会有“倒春寒”，可以放心播种大田。于是，犁杖犁开土地，土地拥抱种子，泥土的气息生动，它们给人们以无限的希望。

农时不等人。俗话说，你误庄稼一时，庄稼误你一年。乡亲们根据本地的实际情况，还整理出自己的节气农谚。

清明谷雨四月节，种麦完了种大田。

五月立夏到小满，查苗补种莫迟延。

芒种夏至六月里，多铲多蹚要当先。

七月小暑连大暑，积肥割麦种秋菜。

立秋处暑在八月，拔草放垄晒水田。

九月白露又秋分，选种收割动刀镰。

寒露霜降十月节，收菜拉地和秋翻。

立冬小雪十一月，打场送粪要搞完。

大雪冬至十二月，多搞副业迎新年。

2020 年 1 月 18 日，春节前夕，我带队到扶贫村慰问精准扶贫户。在 84 岁的杨大爷家，我送上米、面、油和春联，给老人拜早年。老人很兴奋，拉着我的手激动地说："感谢共产党，没有党的好政策，我这 80 多岁的老头子咋能过上吃穿不愁的好日子。一到年节，你们就来慰问，比孩子都孝顺，谢谢你们。"看到老人高兴，我与他攀谈起来。我想起"杏花开，种大田，种子不怕倒春寒"这句农谚，便向老人求证。老人把握十足地说："有这句谚语，意思差不多。我们这里是说，杏花开，种黄豆，梨花开，大田走。"老人接着解释："杏花开，就可以种黄豆了，黄豆是下田的第一个种子。梨花开的时候，大田种什么都不怕了。”走出老人干净整洁的农家小院，脑海中又一次浮现出卧虎山杏花。

如果说，卧虎山的杏花是童年的一幅油画，适合远观，培养我的审美情趣。那么草屋后的两棵杏树，满足我解馋的期盼和欲望。两棵杏树是父亲从山上移栽的，相距不足两米，树龄大约在 5 年左右，树冠圆形，树皮灰褐色，有纵向裂纹，皮孔小而横生，几束枝丫伸向天空，举着满树生机勃勃。花开时节，打开窗户就可以看见杏花，倚着窗棂，杏花与思绪相伴，时间悄然远走，只留下树影婆娑和暗香浮动，让一颗少年的心充满芬芳。花开花落，杏子在期待中生长、成熟，黄色的果实能够满足积攒许久的欲望。杏子的味道酸涩，没有果实的甘甜，但毕竟是一年中第一次接触果实，对我们哥仨来讲已经足够幸福。

我不知道自己为什么对杏花会如此痴迷？也许这是因为我的童年接触的最美花朵吧。情有独钟是一种纯洁而幸福的情怀，一棵树、一朵花，或者一种美食、一种技艺，在心中从来没有离开，随着年龄的增大，情怀愈加深厚。

对杏花的喜爱，使杏花成为我的乡情、乡恋、乡愁，一直开在我的心头，一直开在我的诗歌里。我在《恋乡情结》中充分表达这种情感：小村的杏花在我的记忆中花开花落，层层叠叠拥拥挤挤塞满了脑海。多少年来，杏花在梦中开满枝头，在思念中开满山乡，在灯光下爬满诗行。翻一翻我所有乡村题材的诗歌，都能找到小山村的影子和花香。而正是靠着小山村提供的营养，我开始人生的流浪。虽然数度变迁，恋乡的情结却是愈来愈浓。我把杏花开放称作“乡村的第一件农事”，便咏出“杏花举起粉红色的拳头”的诗情画意。

有文友曾经问我，双龙村卧虎山杏花，真的如你所写所说的那么美吗？是否由于你是诗人，情感身体的每个毛孔都是诗意呢？我知道杏花在小城遍布城乡，像我们的亲人，由于过分熟悉而缺乏惊奇之心呢。我该如何解读杏花情结呢？抑或是由于挚爱而带有倾向性？弗洛伊德谈到历史学的时候，曾经这样阐述自己的观点：历史学以记载现今发生的事件开始，同时也回顾过去；它搜集传统和传奇，解释从古代保留下来的风俗习惯，由此创造史前时代的历史。这种史前史更多的是当代人的观点和愿望的一种表示，而不是对过去的写照。接下来他的观点可以解答文友对我的疑惑，当然也可以验证我的执着。人们写历史并不是出于客观的好奇心，而是以此来影响同时代的人，鼓励和激励他们，并明确指出他们的错误。一个人对他成年期所经历的事件的有意识记忆与历史学相类似，而他对童年的回忆，就其产生和可信度而言，则与一个民族的史前史相同，它是人们在以后的岁月里，根据自己的倾向性而改编的。我不否认我对卧虎山杏花有倾向性，因为它就是我的梦中童年啊。

有一段时间，我怀着浓厚的兴趣专门研究杏树，对杏树总算是了解一些。杏树是我国著名的观赏树木，其花色又红又白，胭脂万点，花繁姿娇，占尽春风。杏可配植于庭前、墙隅、道路旁、水边，也可群植、片植于山坡、水畔，其集中栽培区为东北南部、华北、西北等各省。果可生食或加工果脯、果仁可供食用及药用。杏是著名的果木，杏树龄长，可活一百年以上，是春季主要的观赏树种。杏花有变色的特点，含苞待放时，朵朵艳红，随着花瓣的伸展，色彩由浓渐渐转淡，到谢落时就成雪白一片。“道白非真白，言红不若红，请君红白外，别眼看天工。”这是宋代诗人杨万里的《咏杏》五绝，他对杏花的观察十分细致。王安石在《北坡杏花》诗中，也把杏花飘落比作纷飞的白雪，他欣赏了水边的杏花，感慨地咏道：“一波春水绕花身，花影妖娆各占春。纵被春风吹作雪，绝胜南陌碾作尘。”清水绕杏树，岸上花朵，水中花影，各显芳姿，水旁杏花是多么的美丽！

其实，古往今来很多作家和诗人都对杏花情有独钟，写过一些吟咏杏花的诗句和文章。我在草地或林间看见白居易、韩愈、罗隐等依次向我走来……

白居易在赵村村口感慨道：赵村红杏每年开，十五年来看几回？七十三人难再到，今春来是别花来。

韩愈游访到城北的古寺，看到满树的杏花，随口吟出：居邻北郭古寺空，杏花两株能白红。

罗隐在朋友的院子里踏青赏春，梅花已经谢了，但杏花正好开放，稍显失落的诗人还是觉得不虚此行，于是感叹一番：暖气潜催次第春，梅花已谢杏花新。半开半落闲园里，何异荣枯世上人？

在这些诗人的身后，我又发现了一些诗人在观赏杏花的路上结伴而行，李商隐、张籍、司空图、温庭筠、温宪、吴融、薛能、郑谷、元稹，远远望去，自是一番穿越时空的诗坛佳话。但整个唐朝赏杏花的诗人，都输给了一位后来人，他就是南宋诗人叶绍翁，他随口吟咏的诗句“应怜屐齿印苍苔，小扣柴扉久不开。春色满园关不住，一枝红杏出墙来”，成为流传千古的绝唱。

历代文人墨客玩味和吟咏百花，生出许多趣闻轶事，从而约定俗成12个月的花神。虽然版本不一，但人们比较认可以下排序。一月梅花花神江采萍、二月杏花花神杨玉环、三月桃花花神戈小娥、四月牡丹花神李白、五月石榴花神钟馗、六月荷花花神西施、七月玉簪花神李夫人、八月桂花花神绿珠、九月菊花花神陶渊明、十月芙蓉花神石曼卿、十一月山茶花花神白居易、十二月水仙花花神娥皇与女英。

杏花花神是杨玉环，这是我没有想到的，也说明我的孤陋寡闻。在这里补习一下知识。杨贵妃虽然集三千宠爱于一身，深得唐玄宗恩宠。但在安史之乱时，在西逃的路上，玄宗不得已应军士之求赐死杨贵妃。当时，众人将杨贵妃的尸体悬挂在佛堂前的杏树上。平乱之后，玄宗派人取回尸骨移葬时，只见一片雪白的杏花迎风而舞，杨贵妃的魂魄已经司职二月杏花花神。

我是一个与杏花缘分很深的人。童年时，双龙村卧虎山的杏花，建构了我的精神家园。到敦化工作以后，北山杏花成为我的最爱，曾经一再呼吁举办一个杏花节，以此推动敦化旅游事业的发展。在散文《杏花喊春》中，我把杏花比作春天的使者，大有不赏北山杏花不算春天来到的感觉。古语说，山不在高，有仙则灵。北山没有神仙，却有上千棵杏树，在南坡和各种树木拥挤在一起。每年的五一长假期间，仿佛是一夜间的工夫，所有的杏树都开花了，远远地望去，北山就是一倾花的海洋。于是，小城的人们像春天的桃花水，一浪接着一浪涌向北山，开始踏青赏花。从人们兴奋的目光中，你读懂了一句话，春天来了。

说来也巧，在敦化经济开发区，我的单位独门独院，院子占地 1 万平方米。在院子四周，我组织干部职工栽植杏树、李子树、沙果树、苹果树、樱桃树和葡萄树，最多的时候达 80 多棵。果树次第花开，好一幅春色满园关不住的诗意浪漫。当然，在这些花中我还是钟情于杏花。更加幸运的是，门前小街上，栽植着五十多棵杏树，每年春天杏花开放的时候，我都喜不自禁，在 200 米的小街上悠闲地散步，粉色的杏花有时会让我产生一种错觉，仿佛在卧虎山的小路上。我也组织干部职工在小街上杏树下拍摄照片，给未来留下美好的回忆。还曾经带父母到这里欣赏杏花，为他们拍摄的照片至今还摆放在家里显眼的位置。在花朵灼灼的杏树下，我曾拍摄自己创作的歌咏杏花的短视频，作为这个春天送给自己的礼物。

读英国作家托马斯《南国》，我对其中描写山脚下小村的文字记忆深刻。不管你从村里的路上，还是从地势更高的地方看，这个村子的形状非常适合周围的环境——除了时光外，少有艺术家能够让它如此。尽管它本身是完美的，但是它也属于天空、丘陵、森林所组成的巨大、高尚而和谐的一部分；因此，这个村子非常有魅力。像所有处于伟大时刻的美丽事物一样，这个村庄的风景具有象征意义，不仅仅是因为它在更大程度上用外显的、可见的方式表达内在的优雅，而且因为它在一定程度上将意义聚合到自身，而其他风景只能部分地、零散地表达。

在这一点上，我们倒是不谋而合，出奇地一致。我在诗中说“杏花，是春天的第一件农事”。在我的心中，卧虎山杏花是小村风景的灵魂，是小村的魅力所在，是小村内在优雅的集中体现。

这些年来，走过很多地方，见过很多杏花，每次相见都如初见，甚至第一时间想起卧虎山杏花。这种情感是自然流淌，没有丝毫矫揉造作，我想这也许是来自童年的力量吧。我想起一个词：两小无猜。我与杏花的感情应该属于这个感情范畴，纯洁是其中最本质的成分，随着时间流逝，愈加本真率性。

2014 年冬天，我再一次回到双龙村，高兴的是卧虎山完好如初，没有人为破坏的痕迹。在两栋新瓦房之间，我和父亲找到了老房原址。更令我高兴的是，原址的山坡上，两株杏树依然挺拔，让我产生似曾相识的感觉。我用手机拍照，将岁月的沧桑定格在情感之上。西边的院子里走出一个中年妇女，热心地问我们在找什么？我说：“找老宅。”

她问：“找到了吗？”

我兴奋地边比画边回答：“找到了。那是后院子杖子的痕迹，在那个角落当年栽植的草莓。”停了一下，我关切地问：“这棵杏树还开花吗？”

她平静地说："每年都开，就是结的杏不好吃，是两棵老山杏。"

她的话使我很开心，我激动地说："明年杏花开的时候，我一定再来看杏花。麻烦你们保护好杏树，让它给小山村增加一抹亮色，也给我留一点念想。"我又追问说："山上的杏树还有吗？"

她不知道杏树对我的重要，淡淡地说："都在，春天开花的时候挺好看。"

站在村路上，我深情地眺望卧虎山，冬阳温暖，我知道春天正走在路上，杏花在我的心里含苞待放。

小院春秋

记忆中我家的小院在卧虎山脚下，从村西数是第四家。左邻是张叔家，右舍是冯国山家。

两间泥草房，一间是厨房和奶奶住的小外屋，一间是正屋，分南北炕。南北炕上靠山墙立有两层立柜，上层放被褥，下层放衣物。连接南北炕的东山墙有一个土台，上面摆放两个黄箱子，箱子上面有一些简单的洗漱用品。在东山墙正中挂着一面镜子，两边各有两个相框，镶着全家人和亲友的照片。靠近东墙的地上放一张高脚方桌，上面摆放暖水瓶和水杯。客人来了，倒上一杯热水，这是起码的待客之道。土炕上铺芦苇编织的炕席，刷着一层薄薄的油漆，泛着亮光。

编织炕席的芦苇就地取材，在南沟的大甸子和南大河两岸的柳毛塘子里生长。如：白皮苇、大头苇、黄苇、青苇等，其中以白皮苇质量最好。白皮苇，秆高笔直，骨节小，皮薄色白，苇质柔韧，是编席子的上等原料。霜降过后，爸爸、妈妈开始割芦苇，为编织炕席做准备。编织炕席要经过选料、破苇片、浸水、碾苇、分苇、编织等工序，一领席子就大功告成。整片苇席一般分三个部分：席花、大纹、边花。席花多种多样，最常见的是双纹席花、三纹席花、人字席花、三角席花、龟甲席花、胡椒眼席花等。不论编织那种苇席，主要有踩角、席心、收边三个步骤进行。最后就是上油，看上去又亮又滑，简直就是精美的工艺品。

老宅的四面墙与天棚是最富有艺术气息的地方。一过小年，爸爸、妈妈就要给屋子来个大扫除，先是掸去灰尘，然后就是打糨糊贴报纸。我和弟弟负责刷糨糊，爸爸妈妈负责贴报纸。四面墙的报纸难度不大，对好贴上就行。但是棚面贴起来很费劲，爸爸仰面找好位置，妈妈手疾眼快用笤帚扫上去，然后再反复数次，直到平整为止。最隆重也是最点睛的活动就是贴年画。老话说“无画不年”，张贴年画是表达辞旧迎新、祈福纳祥、烘托年味仪式感很强的活动。年画要贴在显眼处，起到画龙点睛的作用。记得当时的年画主要有三类，革命题材、故事传说和吉祥花鸟图像。

记得革命题材的年画主要有革命现代京剧《沙家浜》剧照、《秋收起义》《忽报人间曾伏虎》《林海雪原》《红灯记》等，主要取材于“样板戏”。“样板戏”的官方称谓是“革命样板戏”，包括京剧《红灯记》《智取威虎山》《沙家浜》《海港》《奇袭白虎团》，芭蕾舞剧《红色娘子军》《白毛女》，交响音乐《沙家浜》，简称“八大样板戏”。其后逐年推出《(钢琴协奏曲)黄河(5月1日推出)》,《(京剧)龙江颂》《(京剧)红色娘子军》,《(舞剧)沂蒙颂》《(上海交响乐团的交响音乐)智取威虎山》,《(舞剧)草原儿女》《(京剧)平原作战》《(京剧)杜鹃山》等作品，使样板戏的数目增加到了十七个。这些样板戏都被拍摄成电影，影响广泛。

故事传说的年画主要有《三国故事》《西游记》《八仙过海》《七仙女》等，这些年画基本都是组画，要联结贴在一起，配有简单的文字介绍，看过之后也算完成了故事启蒙。

当然，吉祥花鸟图像多一些，也最讨人喜欢。年画中的吉祥花鸟图案，是通过一定的艺术形象寄托人们对生活质量的提高和人与人、人与自然美好和谐关系的愿望，是向善求美的表现。年画的吉祥花鸟一般由植物和动物的形象组合而成，植物多为竹、梅、菊、桃、水仙、荷花、牡丹等，动物多为鸡、鱼、喜鹊、鹤、鹿、鹭鸶、蝙蝠、绶带鸟等，花鸟组合的图像色彩缤纷，喜庆吉祥，令人爱不释手。小的时候，只知道年画好看，却不知道吉祥花鸟的寓意，一直心存遗憾。

2013年12月3日,《吉林日报》刊登作家杨峰《浅谈年画中吉祥花鸟图像的寓意》，仔细阅读下来，才补上这一课。年画中，常将松、竹、梅称为“岁寒三友”,“五瑞图”是松、竹、萱、兰、寿石,“五清图”是松、竹、梅、月、水。用天竹、水仙、灵芝和寿石组成画喻“天仙祝寿”。将天竹加南瓜、长春花合成图案，谐音取意可构成“天地长春”“天长地久”。梅花五瓣，象征五福：快乐、幸福、长寿、顺利、和平，又合中国的“五行”金木水火土。以梅花、菊花、竹、绶带鸟等寓意举案齐眉。以寿石、菊花、猫、蝶组成的图案谐音“寿居耄耋”。以鹌鹑、菊花、落叶枫树寓意“安居乐业”。以牡丹、荷花、秋菊和冬梅代表一年四季安泰吉祥。以鱼、莲、小孩组合而成的图案寓意“连年有鱼”。牡丹花是国花，花有美色和美誉，寓意吉祥。牡丹花与长春花组合为“富贵长春”，牡丹和海棠象征“光耀门庭”，牡丹与桃花表示“长寿、富贵和荣誉”，牡丹与水仙是“神仙富贵”的隐语，牡丹花插在花瓶中表示“平安”，牡丹花与雄鸡寓功名富贵之意，牡丹、柿子、蝴蝶、雄鸡等组成的图案叫“富贵大吉”，一只大红公鸡立于大石上，作昂首挺胸状，寓意“室上大吉”。喜鹊的吉祥寓意是一种代表喜事的鸟，梅花枝头站立一两只喜鹊，寓意“喜上眉梢”，一只喜鹊啄米，三个孩子观看喜鹊，寓意“喜报三元”。鹿鹤配以松柏常青之树寓意“富贵长寿”。鹿与鹤在一起取“六合同春”之意。鹭与荷花、芦苇组图案称“一路连科”。等等。

还有少量现代题材的年画，集中反映现实生活的真善美。印象深刻的一幅学雷锋题材年画，画面上一个农家小院，房顶落雪洁白，门楣上悬挂“光荣之家”红牌，推开的房门，一位老爷爷微笑着走出来，眼睛深情地望着远方，眼前的院子里积雪早已清理干净。房门后面，躲藏着四位小朋友，每个人的手里拎着清雪工具，开心的笑容仿佛能融化冬天。

总之，年画中的花鸟吉祥图像，是我们身边的传统文化，应该一代代传承下去。但随着人们居住条件的改善，壁纸与现代装饰品渐渐取代年画，成为现代春节早已淡忘的传统文化。而我们的孩子们，可能已经不知年画为何物，至于吉祥花鸟图像的寓意就更说不清楚了。

当年，张贴完年画，看着蓬荜生辉的小屋，喜悦和希望洋溢在心头，伴随着除夕的鞭炮声，从年头走到岁尾，丰盈着小村人的生活。

人们记忆中的年画实际上是木版年画，是一种极具特色的中国传统民间艺术形式，历经千百年传承发展到现在。2019 年 2 月 11 日，午间休息的时候，我读到 2019 年 2 月 7 日《人民日报》第 5 版《人文》中一篇文章，才知道我国现有 17 个国家级木版年画非遗项目，分别为天津杨柳青木版年画、河北武强木版年画、江苏桃花坞木版年画、福建漳州木版年画、山东杨家埠木版年画、河南朱仙镇木版年画、湖南滩头木版年画、广东佛山木版年画、重庆梁平木版年画、四川绵竹木版年画、陕西凤翔木版年画、山西平阳木版年画、山东东昌府木版年画、山东张秋木版年画、四川夹江年画、河南滑县木版年画、湖北老河口木版年画。制作一张传统木版年画，常常需要经历勾描、刻版、印刷、彩绘、装裱等大大小小多道工序。不少年画还对刻版的木材、印制的纸张、彩绘的颜料等材质有严苛的要求。现在，年画在复兴传统文化的关注下，逐渐找到了与古为新、与时俱进的发展途径，成为所在城市的一张闪亮的文化名片。

2020 年 1 月 15 日，我和妻子关欣到天津会亲家。亲家公博党大哥有课，委托亲家母党群陪同我们游览杨柳青镇。入口处位于古运河左岸，岸边是绿化广场，广场上有以年画《连年有余》为主题的绘画，画面上的娃娃“童颜佛身，戏姿武架”，怀抱鲤鱼，手拿莲花，栩栩如生。眼前的年画，勾起我许多美好回忆。带着回忆的温暖，走在步行街上，眼前的建筑都是仿古复建作品，令我参观兴趣索然。关于建筑，拉斯金认为，我们不该只为我们的时代而建造，也应该为将来的时代而建造，而有朝一日那个时代也将会因此感激我们。一座建筑物的最高价值并不在于砖石与贵重的材料，而在于它的年岁，在于它作为人类生活、创造与受难的历史见证这一特质。在那些历史长久的建筑的墙壁上，短暂的人生与历史的朝代如同波浪一样奔涌激荡；对于拉斯金而言，这些墙壁代表着一种存续，这种存续将“被遗忘的年代与未来时代联系在一起”，并以此在这个急速跃进、流光易逝的世界里维系一种延续性和认同感。近年来，复建之风日盛，几乎每个城市都有几件复建作品。其实复建是凭借图像、文字记录和实物证据将已然不存在的原物重新建造。然而，现实生活中，复建的建筑常常会在人们的意识中被当作是“原物”。眼前的建筑肯定是赝品，但我还是愿意花费时间流连于各个小店，匆匆品味杨柳青年画的艺术气韵。在杨柳青年画展馆，我对一张一尺见方的《连年有余》爱不释手。服务人员介绍说，这是年画大师的作品，成画需要 28 道工序，是不可多得的艺术品。但面对标价，我还是选择放弃。脑海里萦绕着小屋墙壁上泛黄的年画，还有年画带给我的快乐。

说起画，我始终记得家具上的画，类似木版画。那是 1978 年春节前的事情，我家的立柜上出现木版画。父亲跟舅爷学的木匠，而且手艺不错。进入腊月，他开始制作立柜，上下两层，上面放被褥，下面放衣服。上面高下面低，上下各一个对开的木门。有趣的是在底座和上下连接处，各有四个长方形小窗口，这样上下共有 12 个需要艺术加工的地方。前些年，这些地方都是安装玻璃油彩画，绘画内容多为花、鸟、鱼吉祥图案。玻璃画虽好，但亦破损。那年从年初开始流行木版画，主要原材料是椴木板，绘画工具是电烙铁，一铁一木在热量的作用下，盛开出美丽的图案。由于是新生事物，很快受到人们追捧。小年那天，父亲的立柜开始制作木版画。先是选取上好椴木下料，用刨子反复净面，已达到洁净光滑。然后用铅笔在木板上画底稿，荷花、鱼和小草是我们一家人的最爱，比照年画完成临摹。下面就开始用电烙铁作画，木板底稿固定好，手握预热的电烙铁，父亲小心地作画。速度必须均匀，保证线条流畅，如果稍作停留，马上就出现深深的痕迹。还要考虑颜色的深浅，从而增加层次感。由于是电烙铁作画，只能删繁就简，追求简笔画风格。最后是给画作上油，用清油刷上三遍，就能保证画作的亮度，并且方便擦洗。等结束这些工序，完成安装工作，已是除夕的中午。望着自己的杰作，父亲如释重负，总算在新年前给家人一份礼物。望着疲惫的父亲，我们心生钦佩之情，在我们眼里，父亲无所不能。吃年夜饭的时候，看到新糊的墙壁、五彩的年画、崭新的家具、家人的新衣、丰富的菜肴，父母的心情格外高兴。

当时，居住条件非常简陋，衣食住行就更加简朴，甚至有些心酸。

在我的记忆中，我和二弟都穿过草鞋。编织草鞋的原料是蒲棒草，主要是保暖护足，适合冬天穿用。草鞋看似臃肿笨拙，但十分轻便。草鞋不耐穿，爸爸会在草鞋底部缝上一块黑色胶皮，增强鞋底耐磨性。我和弟弟穿着草鞋进进出出，倒也方便实用。有一次，我的棉布鞋坏了，一时无法修复，又没有钱到供销社购买，又不能穿草鞋上学，只好穿着奶奶的老布鞋上学，弄得我十分难堪，不愿意在同学们面前站一站，谁要说上一句“你怎么穿老太太鞋上学啊”，我马上就会面红耳赤，浑身不自在。

我对北炕有很深的感情，主要源于那一碗碗热气腾腾的鸡蛋糖水。当时太姥爷在北炕居住，炕上的小方桌是他的领地。每天清晨，太姥爷起床洗漱之后，就会盘腿坐在方桌的北面，等待着奶奶为他冲鸡蛋水。奶奶会准时来到方桌前，先摆上一大一小两只白瓷碗，然后在大碗中打入两个鸡蛋，用筷子轻轻搅碎，之后倒入开水，蛋花在碗中翻滚、盛开，一缕清香袅娜上升，淡淡地飘在屋内。最后再放入少许白糖，一碗鸡蛋水就大功告成。这个时候，太姥爷会用小勺往小碗里盛上几勺，边用手招呼我。我麻溜地爬到方桌边，捧起小碗贪婪地喝起来。太姥爷则慢条斯理地品味鸡蛋水的滋味，一副悠然自得的样子。

由于很会保养，90 多岁太姥爷身体很好，75 岁的时候还能到田里铲地。据爸爸回忆，春夏秋三个季节，太姥爷喝鸡蛋水。冬天的时候，就喝炒面水。有一年春天，妈妈将攒的六斤鸡蛋卖了三元钱，想补贴家用。结果太姥爷说妈妈不孝顺，不让他喝鸡蛋水，吓得妈妈再也不敢用鸡蛋换钱。

童年的记忆中还有一件事情和太姥爷有关，那就是他的去世。依稀记得我坐在屋地的方桌上，看到厨房的地上搭起一个木板，太姥爷直挺挺地躺在上面，脸上盖一张黄表纸。不时有人走进来，跪在前面磕头。这是我第一次目睹死亡，但心中却是一片茫然，没有一点概念。那一年太姥爷 92 岁，我只有 4 岁。

每个人都是时间的一个节点，记住的方式只有感恩。懂得感恩，一个人走得再久，依然令人怀念。

太姥爷给我喝鸡蛋水，在我脑海中一直呈现一幅温馨画面。怀着一颗感恩的心，我从十八岁以后，在春节和阴历七月十五上坟的时候，我都会给太姥爷单独买上一份供品和烧纸，在坟前祭奠一下。黄表纸在慢慢地燃烧，化作一缕青烟寄托我的感恩之情。

2019 年 8 月 11 日，那天雨下得很大，太姥爷的坟在山坡上的一棵老榆树下，从山脚到坟地，要穿过数百米的玉米地。玉米一人多高，雨水顺着玉米叶子往下淌。我和爸爸等一行人只好打消上山上坟的念头，在山脚下撑起伞点燃烧纸，爸爸口中喃喃地念叨着："雨太大，不能上山上坟，请姥爷和舅舅来取钱吧"。

回来的路上，爸爸有点忧心地说："我现在活着，领你们一起来给太姥爷和舅爷上坟，我百年以后，你们也不要忘了给他们上坟。"我说我们这一代人没问题，下一代人就不好说。伯父和爸爸养育七男一女，但我们下一代只有三个男孩子，一个在本地成家立业，两个在外地打拼工作，随着时间推移，加之接受传统教育少，也许会渐渐淡忘。爸爸伤感地说：“千万不能忘啊。你奶奶三十出头就守寡，拉扯着你大爷和我。要是没有姥爷和舅舅的帮衬，孤儿寡母怎么生存。我们要感恩，不要忘记这份情，更不要忘记过年过节给他们上坟烧纸，没有什么报答的，只有这点念想。”说到这里，爸爸不再言语。开车的我扭头一看，爸爸的眼里早已噙满浑浊的老泪。为了不让爸爸伤心，我说只要有我在，这个传统就不会丢。

有人说上坟烧纸是封建迷信，但存在即是合理，几千年传下来的风俗习惯，已经成为一种传统文化和血管里的基因。几样供品、一堆烧纸，寄托着活着的人对逝去生命的哀思和慰藉。有这些民俗和传统，生与死就存在沟通，死亡就是另一种活着的状态，否则生即是生、死即是死，这个世界太冷酷无情。人们之所以看重上坟这一仪式的特殊意义，是因为这些仪式是我们与先人建立联系的最后的鲜活纽带。

爸爸平时很少说童年的事情，我只是知道爷爷去世的时候，大爷10岁，爸爸3岁。无法想象孤儿寡母是如何度日如年，从爸爸对姥爷和舅舅的情感上可知当年的酸甜苦辣。奶奶在刘氏家族威望很高，几辈人都尊重她，我想和守寡拉扯两个孩子有关。奶奶是2000年阴历二月十九去世，享年88岁。

房子后面依和缓的山坡开有菜地，菜地和房子之间有三棵粗壮的沙果树、两棵杏树，还有一棵樱桃树。其中最西边的沙果树在我家与老冯家的杖子边上，树干在我家院子里，一部分树枝却伸展到邻居家。

果实成熟的时候，我和弟弟就会爬到树上，选一个大树杈，稳稳地靠住，美美地吃起来，直到吃不动为止。在菜地的西边，有2棵大红袍李子树，结出的果实很好吃。在园子的东北角，有一小片草莓地。一次，冯国山的二儿子，也是我的同班同学，上到我们两家分界线上的沙果树上吃沙果，并且往家摘些果子。我警告他不能这样，可他不听我的劝阻，我们就在门前吵起来，结果边吵边动手，而且我明显吃亏。我急匆匆跑回家，抓起菜刀就奔向他，吓得他撒腿就跑，我在后面不依不饶地追赶。他的母亲吓得大声喊："他刘婶，你快拉住你家大小子，他要疯了，满大街追砍我儿"。妈妈赶紧跑出家门，撵上我，将刀夺过去，制止事态进一步发展。不过从那以后，我的同学再也没人敢欺负我。

春天来临的时候，果树次第开花。粉白的杏花、白中透红的沙果树花、红色的樱桃花，白色的李子花，接二连三地盛开，花期长达一个多月。站在树下，我常常痴迷地欣赏着花朵，更憧憬着果实累累的景象。那时没有现在这么多时令水果，沙果比较好保管，我们可以经常打打牙祭。果树开花不仅美丽，而且影响了我的创作，我的很多农村题材的诗歌，都是这几棵果树开花带给我的灵感。

童年经验对作家的创作影响至关重要，它可以影响作家一生的创作倾向、创作基调、创作风格和价值取向。作家迟子建说："没有我童年的经历，是不可能有我的写作的。一个作家的童年经验，可以受用一生。这经验像一颗永不泯灭的星星一样，能照亮你未来的写作生活。”老宅是一个人记忆中最温暖的场所，喜怒哀乐也好，悲欢离合也罢，已经融入血液和灵魂，成为生命中最值得珍藏和记忆的光阴。无论走得多远，岁月的年轮与记忆的乡愁始终成正比，始终纠缠在一起，在心之树上攀缘生长，那郁郁葱葱的叶子，总是泡在潸然而下的泪中。

关于三棵沙果树，有一件事情留给我的印象比较深。

1976 年 7 月 28 日上午，我正在正屋南炕上写作业，只觉得房子先是横向晃上几晃，然后再上下颠簸，晃动持续了数秒左右，随后消失，瞬间又恢复平静。少不更事的我，感觉震动异常剧烈，桌子上的书本就被甩到南炕墙边，搪瓷缸激烈地碰杯，玻璃杯子在桌面上滑动，我也一个趔趄倒在炕上。我的无知升腾恐惧，掩饰恐惧最好的办法是逃跑。在静止的瞬间，我像受惊的野兔，三蹦两跳冲到院子里，与在菜园薅草的奶奶一起往外跑。在村路上，人们迅速集中起来，开始议论纷纷。小村庄还是原来的模样，与数秒前的视野里的景象一般无二。大门前的柳树叶子依然慵懒，刚才的惊魂一刻没有惊扰它的美梦。三奶等几个老太太议论说，这是驮地球的老鳖打喷嚏呢。我当时对地震知之甚少，也无法解释这件事情，听着老人们的议论，心里充满了恐惧感。当天晚上，村民们在村部前面的空地露营，谁也不让回家休息。很多村民涌到村部后面的水井旁，伸长脖子看井水是否有动静。据说有余震，井水就会翻滚。我没有去看，与一家人待在一起，在恐惧中寻找温暖。

后来村里广播说是唐山发生地震，为了确保安全，每家每户都要搭防震棚。我家的沙果树又一次派上用场。在 3 棵果树间横竖绑上几根木杆，用塑料布和一些蒿草遮盖一下，就是简易的防震棚。在离地 30 厘米的高度，搭建简易的木板床，铺上薄薄的稻草，再盖上塑料布，被褥一铺不耽误休息。在这个防震棚里，我们一家住过半个月。那些天雨水特别多，晚上躺在木板上，听着雨水噼啪的声音，加之对地震的恐惧，很久不能入眠。还好，半个月以后，地震警报解除，我们又重新回到土炕上休息。

院子的西侧有一个苞米楼子，秋、冬的时候堆放苞米，夏天的时候，由于透气性能好，我和弟弟愿意爬上去歇息。苞米楼子举架一米多高，四根柞木桩子深埋在地，在一米多高处和二米多高处，稍微刨平的柞木方榫卯相互连接。棚顶起脊，不积雪水。苞米楼子四周围挡用三两厘米的小杆捆绑，一个小门开在东侧，门下竖立斜梯，方便取放物品，整个苞米楼子浑然一体。秋天收获的玉米和角瓜、面瓜都要上楼，在这里储存一段时间。夏天，扒完玉米以后，苞米骶子做烧柴在楼上堆放。我和弟弟经常爬上苞米楼子，在楼内玩耍歇息。苞米楼子下面摆放母鸡下蛋的稻草窝，产蛋的母鸡会“咯咯哒、咯咯哒”地卖力炫耀，然后从鸡窝蹦下来，随伙伴四处觅食。奶奶听见声音，快步走过来，将带着温度的鸡蛋取回家。

苞米楼子侧对着西山墙。顺着西山墙码放烧柴，柞木和桦木居多，杨木也有一些。有一年，我家拉了两车柳树做烧柴，那柳树足有 10 米高，胸径都在 40 厘米以上，我和弟弟足足锯好几天。劈烧柴的时候，一般要起早，因为冻了一宿的木段好劈，一斧头下去就劈开，而且好打板，然后再破板为柴。有一次在劈烧柴的时候，我差一点惹祸。当时，我和二弟言语起争执，我们都使劲攥着一柄斧子往自己怀里带。二弟身体强壮，我比较单薄，片刻工夫我已经落下风。情急之下，我松开手，二弟攥着斧头踉跄倒退，一个腚蹲坐在地下，好在斧头没有伤着他。爸爸正好看见这一幕，劈头盖脸教训我一顿。我知道差点闯祸，只好低头劈柴赎罪。

苞米楼子南面是个小仓房，放着一些农具和备用的东西。锄头、镐头、镰刀、斧头、土篮子等，印象最深刻的是舅爷留给爸爸的全套木工装备，有大锯、二锯、小锯、钢丝锯、小刀锯、小镂锯、单面斧、锛子、凿子、铲子、长刨子、净刨、线刨、槽刨、耪刨、牵钻、墨斗、方角尺、三角尺、多角尺、木勒子等等。爸爸继承舅爷的衣钵，对这些工具视若珍宝，使用起来得心应手。我和弟弟喜欢给爸爸打下手，把木工工具当儿时玩具。后来几次搬家，工具所剩无几。

2019年8月30日，我陪父母参观中国传统文化村落——珍珠门村，在村史博物馆里看到陈列的传统木工工具。每看到一个老物件，爸爸妈妈都要驻足仔细观看，不断地重复它的名字，眼睛充满兴奋和光亮。

院子的前面是一个小菜园，木杖子围着，在园子门东边，有一个酱缸，上面有一块纱布和玻璃罩，一个木制的酱耙挂在酱缸旁。四月十八，酱下到缸里以后，奶奶每天都会打几次酱缸，让酱快点发酵，等山野菜和蔬菜下来好用。园子门的西边是过年时立灯笼杆的地方。

灯笼杆是松木的，要扒掉皮。杆头要绑一段松枝，用两块木板条一横一斜和杆子钉成一个三角支架，支架的底端固定一个铁环，绳子从中穿过，就可以把灯笼吊上去。灯笼的骨架一般是铁线做的，用红纸糊上。为了保证灯杆牢固，我们会在杖子根下挖一个小坑，将灯杆置于其中，然后培上土，最后还要浇上水，等水冻成冰，灯杆会异常牢固。

园子里种些时令蔬菜，主要有韭菜、辣椒、茄子、西红柿、豆角、黄瓜等。清明一过，爸爸就会弄几根柳条，两端插在韭菜垄台上，中间拱起来，然后覆盖上塑料布，四边用土培上，确保不漏风，像一个小大棚。十几天以后，韭菜就钻出地面，在温室里享受阳光。我和弟弟每天都要看一次，盼望着韭菜快点长大，这样餐桌上就会有新鲜的蔬菜。在我们的盼望中，终于有一天，奶奶掀开塑料布，割了一把韭菜。在我的记忆中，韭菜根本就没有炒鸡蛋，而是炒豆饼渣子。提前几天，奶奶会从仓房取一个豆饼，先在灶前用火烤，等出油的香气，就会让我们打下手，用两头带木柄的切刀将豆饼切成一指厚的薄片，然后放在一个大盆里浸泡，将夹杂其中的草棍捞出，豆饼成为比较均匀的颗粒，控干水分就可以炒韭菜。这样的好处就是省油。因为当时一个人一年就一斤豆油，我家六口人，全年才六斤油，根本不够吃，只好想省油的办法。一般情况下，腊月二十三杀年猪的时候，肥肉和油板都留下来，用大铁锅焐油，存在一个坛子里，在夏天和初秋的时候用来炖豆角、炒菜，冬天的时候炖土豆、白菜。开春的时候，豆油早就没有影子，荤油也坛子见底，全家就进入无油时代，每天就是靠山野菜蘸酱。韭菜炒豆饼渣子是我们村里当时能想到的最好办法，家家都这么吃。生产队没有办法，只能每家发半块豆饼，用这种方法渡过难关。

当时生产队的马倌是老孙头，中等身材，仅有一只眼睛，另外一只眼睛生下来就看不见光亮，乡亲们称呼他“一只眼睛的牧马人”。老孙头爱好文艺，说拉弹唱皆通，写得一手好字，时不时来两句顺口溜，基本合辙押韵。但老孙头性格倔强，他认为不合理的事情，说啥也不答应。因为性格原因，他没少得罪人，但很少有人记恨在心。凡事都有例外，老宋头的绝情成为他的心病。老宋头是老孙头的山东老乡，60 年代初从山东投奔他来。开始的时候，两家人相处融洽，走动频繁，宛如一家人。但友谊的小船，有一天被老孙头的倔强和耿直打翻。生产队分给每家半块豆饼，度过春季的困难。老宋头家人口多，半块豆饼无法填饱饥饿的肚子。他想自己和老孙头来往密切，交情不一般，就开口问老孙头再要半块豆饼，只要老孙头不说，没有任何人知晓。谁知老宋头刚开口，就遭到老孙头的严词拒绝，并且给他上了一课。老宋头心里十分恼火，但他没有撕破脸皮，只是恨恨地离开马棚，回到家中对媳妇和孩子们说：“从今天开始，俺们和老孙头一刀两断。”

包产到户以后，老孙头分到一匹枣红色大马。老孙头饲养这匹马 5 年，看着马儿长大，现在分到自己家，欣喜之情溢于言表。老孙头为枣红马配上铜铃和缰绳，每天定时在南沟牧马。南沟的草场上长着十几棵高大的白桦树，老孙头将长长的缰绳系在白桦树上，看到枣红马悠闲吃草，便放心离开，到附近自家田地劳动。

初期平安无事，接下来枣红马的缰绳和铃铛隔三岔五被人偷割，令老孙头非常恼火。东西不值多少钱，但这种行为无疑很伤感情，且是赤裸裸的示威。老孙头知道自己得罪人多，但恨自己的人少，能以这种方式泄愤的人，只有一个人。想到这里，老孙头拿出准备好的粉笔，在一棵高大的白桦树下的大青石上留下一首诗：饮马河水清又清，牧民哥们你细听，自己东西自己用，为啥偷割铃铛绳？生活恩怨要分明，公私心里要掂清，一山一水一圣人，乡情别等白发生。

村里到此牧马的人都好奇地读上数遍，几天的工夫就传遍全村。村民们心知肚明，但谁也没有说破。不过人们渐渐发现，老孙头再没有抱怨有人偷割缰绳和铃铛，老宋头一家又开始与老孙头一家走动，小村又一次恢复平静。

在时令蔬菜下来之前，主要还是靠采山野菜丰富一日三餐。时过清明，最先吃的是小根蒜，洗一洗蘸酱吃，或者拌着吃，当然最美的还是炒鸡蛋，那缕鲜香味道至今难忘。接下来是曲麻菜、婆婆丁、马齿苋、荠菜、柳蒿芽，这些菜都生在房前屋后、田间地头，走不多远就可以采到。5 月份，我们采山野菜去的最多的地方就是南沟和卧虎山。上南沟采山菜都是星期天，由于路途比较远，小伙伴们结伴同行，一边说笑着，一边采山野菜。刺嫩芽、明叶菜、山茄秧、山菠菜、枪头菜、大叶芹、小叶芹、蕨菜、猴腿儿，每次都是满载而归。平时就是上卧虎山，放学回家，把书包一丢，拿上筐，推开后园子门，直接就上山。山上多的是明叶菜、猫爪子、山菠菜，用不了一个小时，就小有收获。抓紧原路返回回家，奶奶把水刚刚烧开，直接下到锅里，用水焯一下，就可以食用。如果时间宽裕，明叶菜可以做汤，山菠菜可以包包子，猫爪子可以蘸酱吃，也可以炒着吃，还可以拌着吃。总之，这些山野菜的清香使我们的一日三餐不再单调，也使我们的生活苦中有乐。

在山野菜过季的时候，而大田的蔬菜还没有下来，我的印象中还吃过灰菜、西甜谷和角瓜的径。灰菜和西甜谷要采集嫩芽，用热水焯一下，放点盐和葱花就可以食用。角瓜的径要去掉带刺的皮，然后切成段，用盐卤一下，也就对付一顿。

现在，和孩子们说起这些，他们都不相信，好像在听天书。我也不跟他们计较，虽然说贫穷也是财富，何必让孩子们也要记住呢，他们有属于自己的幸福生活。但这却是我们这一代人无法忘却的记忆。现在，每年四月末五月初，山野菜开始上市，我和妻子就餐餐不离山野菜，凉拌、清炒、做馅，每天换着样吃。休息的时候，呼朋唤友上山采山野菜，寻找童年的快乐。总之，一直吃到端午节，才结束每年的山菜季。

清贫的生活容易给人留下阴影，母亲在家庭聚会时总说：“现在一做梦就是你们小的时候，没有钱买衣服，穿得补丁摞补丁。心里难受，就憋屈醒了。”其实，母亲还讲过，她和父亲成家以后，很长时间根本没有换洗衣服，一年到头就穿一件衣服。要是想出门，只好将衣服洗出来，想办法弄干，然后再出门。有的时候衣服没有干透，也将就出门，走到半路就给熥干了。

我能理解母亲，那段清贫的岁月已经成为她一生挥之不去的梦魇。好像母子同心，有的时候，我也梦见自己四处找衣服，却没有一件可心的衣服，翻来覆去还是一件旧衫，根本不能出门，在着急中醒来，心里总是堵得慌。在那个物质严重匮乏的年代，拥有一件得体的新衣服，这是多少人孜孜以求的梦想啊。

小院的生活清贫，但留给回忆的不是苦难。我有机会亲近自然，接受大自然最无私的馈赠，是一件多么幸福而快乐的事情。感谢那些沾着泥土清香的野菜，养育我的生命，教会我先苦后甜，并且不离不弃地陪伴我。在某一个清晨或黄昏，在田间地头或街头巷尾，见到你依然亲切，依然记得你的名字，喊上一声，故乡就在眼前。

2019 年 7 月，我在中国作家协会雾灵山创作基地休假。20 日早晨，在山庄的一处石墙，我偶遇盛开的牵牛花和角瓜花。一刹那间，我想到曾经居住的小山村，诗意涌上心头，我在手机上写下当时的心境。

清晨偶遇两朵花

在一处石墙的肩上

角瓜花的笑容映红朝霞

在这处石墙的脚下
牵牛花的头颅倔强地向蓝天喊话
遇见她们，两小无猜的朋友
童年在瞬间湿润我的眼帘
一个叫卧虎山的小山村
在花蕊中端坐一幅最美的画
离开卧虎山很多年
小村的气息还是那么霸道
杏花的美，田野的香，往事的辣
父母的爱，成长的酸
此时，我都一一饮下
醉是一种幸福
岁月却总是想哭

我的同事顾杰在微信中留言：瞬间产生共鸣，思绪已飞回农村，去寻觅木篱笆墙上缠绕的豆角花，藏在翠叶下生怕被发现的黄瓜扭儿，还有再也寻不见的奶奶，再也回不去的童年。突然发现，诗歌有这样强大的感染力。这个下午我都在怀念的时空游荡。原来，诗是用来回忆的。

我和顾杰平时交流不多，但一首诗拉近彼此的距离，我赞成她的观点，诗是用来回忆的，童年和故乡更是用来回忆的。

第二辑

酸甜苦辣

河套故事

村南有一条河流，我们叫它南大河，由东流向西，贯穿整个村子南部，是小村的母亲河。每个人的心中都有一条母亲河，那是童年记忆的脐带。这条河流一定是弯曲的、清澈的、诗意的，岸边树木茂盛，野草萋萋，野花遍地，一个生长真善美的童话世界。

因为从懂事开始，每天看着它从东向西流去，以至于我认为河水都是向西流。读中学的时候，地理课中介绍我国地理概况的时候，说我国西高东低，所以一江春水向东流。当时我就转不过劲儿，在地理书上一个劲地比画，也不解其意，只好死记硬背。

作为小村的孩子，四季更替的南大河，成为我和小伙伴的重要活动场所，一些事情至今记忆犹新。

柳絮纷飞的时候，我们在河沿深处的柳毛趟子里捉迷藏，一伙儿躲藏，一伙儿寻找，忙得不亦乐乎。躲藏不能一劳永逸，要根据情况适时转移，尽量拖延寻找时间。被找到以后，攻守被迫移位，辛苦的就是自己。在游戏过程中，如果有幸拣上几枚鸭蛋或者鸟蛋，就会小心翼翼地用帽子兜着，扬扬得意地回家邀功。玩累了，就在柳树上折取一枝柳条，用随身带的小铅笔刀削“叫叫”，也就是柳笛，使劲地吹着，清脆的“叫叫”声在柳毛趟子里此起彼伏。吹够了，就找一片干净的草地坐下来，望着眼前的景色发呆。嫩绿的柳叶轻轻舒展，像一双双灵动的眼睛，在枝头摇曳，望上一眼就会春心荡漾。想起古诗“碧玉妆成一树高，万条垂下绿丝绦”，但却找不到诗中意境。因为这里的柳树都是向上生长，一簇簇在草甸中挺拔，远远望去，也有杨柳春烟的感觉。柳丛下就是一蓬蓬洋草，长在一个个“塔头甸子”上。“塔头甸子”是河套低洼地上拱起的形如圆形、貌似土丘的塔状甸子。塔头甸子或独处或拥挤，在河套里连绵宽阔，涵养河套的水系和生命底色。一年四季，塔头甸子应季换景，春有花、夏长草、秋草黄、冬覆雪，与柳树和少许桦树一起构成河套景色。此时，黄色的衰草不舍得离去，依然顽强匍匐在“塔头”上，在春风中回味着旧梦。在梦境里，一簇簇崭新的草在衰草的缝隙钻出来，沐浴着和煦的阳光，轻声地吟咏“草色遥看近却无”的诗行。一些不知名的野生植物，不甘寂寞地从泥土里拱出来，流露出土地对春天的深情。

那个年代，人们的心中没有湿地的概念，更没有“地球之肾”之说，我们称呼双龙村这片湿地为南大甸子。提起南大甸子的美，母亲自豪地说，春季的马兰花最美，比现在的有些景区的马兰花还要美。

马兰花亦称马莲花，是鸢尾科鸢尾属多年生草本宿根植物。其根茎叶粗壮，须根稠密发达，它的花为浅蓝色、蓝色或蓝紫色，花被上有较深色的条纹。马兰花根系发达，叶量丰富，对环境的适应能力强，尤其喜欢草场和沼泽地。每年 6 月初，南大甸子是一幅马兰花调色的油画，绿色和蓝色互不相让，尽情挥洒色彩的共鸣。葱绿的枝丫一蓬蓬抽茎挺拔，想让蓝天看见自己的理想。细长的叶片自然不甘寂寞，简洁的线条随风而舞。马兰花在茎的顶端绽放，有时想象她是一只蝴蝶，静静地倾听天籁之音。有时想象她是一只蜂鸟，帅帅地倾诉相思之苦。更多的时候，我们是呆萌的、懵懂的、紧张的，马兰花的淡雅与我们的天真相映成趣，马兰花的辽阔与我们的兴奋相互鼓励，马兰花的盛宴与我们的贪婪自成一体，男孩子会唤最美的女孩子为马兰花，采撷一束花，编织花环戴在头上，娇羞的面容成为懵懂记忆。

随着年龄的增长，我依然喜欢在春天到草甸子里走一走。但渐渐地愿望就变成奢望，草甸子离我们的生活越来越远，感叹无处遥想童年的时光。

近些年，随着草原和沼泽的过度开发，湿地被严重侵蚀，大面积马兰花景观悄然消失，很难一睹自然天成的马兰花花园。从 2016 年开始，吉林省亚光湖国家级湿地公园结束试点，向游人开放，其中最吸引眼球的就是观赏马兰花。这里有原生态马兰花园，也有人工种植的马兰花。游人可以观赏到蓝色、红色、黄色等品种的马兰花，从栈桥静静走过，马兰花在身边摇曳，顿生亲切而喜悦之情。很多女游客身着旗袍，挥舞白色纱巾，与马兰花合影，使这里的马兰花展现柔性之美、知性之美。

行走间总感觉缺少点什么，直到一群马闯入我的视野，我找到景色的灵动之处。

2019 年 6 月 9 日，我和陈国祥、王玉新、周其江、姜伟相约到贤儒镇兴农村看马兰花。汽车停在路旁林荫处，两山之间的两百多公顷沼泽地上，马兰花如约开放。路基之下黄豆地刚刚发芽，再往前就是沼泽地，一直延伸到西边的山根下。马兰花呈不规则分布，花的部落大小不一，但一切竟是浑然天成。在黄豆地与沼泽地之间，草场丰美，大约十几匹马悠然啃青，动态的马儿成为马兰花语境下流动之美。如此壮观的马兰花景观，我整个人陷入反应迟钝，贪婪地攫取景色之美，恨不能据为己有。我知道自己想法天真，任何自然之美皆属于万物生灵，人类只是欣赏者的一分子。

由于接连数日下雨，黄豆地很泥泞，沼泽地水量丰沛，根本无法下脚。我和玉新、姜伟选择远观，国祥、其江决定到近处欣赏，从他们趔趄的脚步，注定此行不是圆满的结局，每人掐一大把胖胖的柳蒿芽，告别期待已久的马兰花，与我们会合返程。

返程的路上，大家议论的焦点是马兰花海。有人支持养在深闺人未识，继续保持风景的雄浑之美、野性之美；有人建议进行旅游开发，让马兰花身在深山有远亲。我在想，这块马兰花海如此雄浑野性，在山林和沼泽之间浑然天成，尚未被现代造景的生活染指，这里是马兰花的天然避难所，应该说是马兰花的幸运，更是热爱自然的人们之幸运吧。乔治吉辛说：“当我想到我在这里度过的黄金般的时光时，内心就充满一种无法名状的激情，一种说不清楚的狂喜就抓住了我。”

夏天的时候，南大河成为我们的天然游泳场。找一个河湾的地方，小伙伴们钉桩的钉桩，搬石头的搬石头，在河床上拦了一个简易的坝，这样河水可以多一些，深一些，方便我们游泳。

在游泳之前，我们会先钓一会儿鱼。技术好的，用鱼钩钓，蚯蚓就地取材。不会钓鱼的，也自有办法。弄一个玻璃瓶，用塑料布和小绳将罐口扎紧，然后在塑料布上剪一个小圆洞，在瓶内放几块炒熟的豆饼渣子，用一个小棍和细绳连着玻璃瓶，慢慢地放在树根下，只要静静地等候一段时间，玻璃瓶里肯定会钻进几条柳根子。

其实印象最深刻的是捂鱼。捂鱼是大人们的行当，是东北捕鱼的主要方式。选一处水流较急的地方，用石块垒成喇叭形的水坝。把鱼捂子放在水坝的喇叭嘴处，再用石块压好，以免被水冲走。鱼捂子是柳条编的，大口、细脖、大肚子，俗称“捂子”。这样，鱼儿顺流而下，进入鱼捂子里，就再也出不去。为了遮掩捂口，也为了吸引鱼群，在“捂子”的上水面要抛撒水草。每天晚上放一个鱼捂子，第二天早上起捂子，把鱼倒在准备好的家什里，洗干净捂子重新放鱼食儿再下到河里，如此往复。我们这些半大孩子喜欢起捂子，是经常搞的恶作剧。夜深人静的时候，几个小伙伴上河套里溜一圈，起几个捂子，总会有收获。当然，临走的时候不忘将捂子放回原处，给主人留下收获的希望。记得一天晚上，我和二弟溜了一个捂子，收获一些柳根、泥鳅之类的鱼，第二天美美地吃上一顿。晚上去郑福大爷家串门，听大娘在骂溜捂子的人。虽然心里发虚，还是询问捂子下在什么地方。大娘仔细一说，我们就更发虚了，正是我们小哥俩溜的捂子。怕事情败露，我们交换一下眼神，找个借口赶紧回家。从那以后，再也不溜捂子，一是怕挨骂，二是谁都不容易。

用捂子捕鱼算不上技术活儿，有的人会根据鱼的不同特性，因地制宜地采取不同的招法。老何头有一个捂鲇鱼的绝活。上山扒一段椴木树皮，围成桶状，用绳子从树桶中穿过，拴在水坝的两端，整个桶子浸在水中。鲇鱼只要钻进去，就出不来了。我们曾问过原因，老何头大手一挥，略显神秘地说："椴树皮里有黏液，鲇鱼的身上也有黏液，这两种黏液混合在一起，就像胶水一样，鲇鱼越挣扎困得越牢固，没个跑。"我没亲自试验，但看到老何头每次都有收获，从内心里佩服他的捕鱼技法。

钓完鱼以后，天渐渐热起来，我们就纷纷下到水里，尽情地欢乐起来。水性好的，在水里尽展泳姿，博得一片喝彩和赞叹。像我这样属于狗刨级别的选手，就只好在外围静静地折腾。有时也会加入打水仗的战团，往往也是在一阵水花中落荒而逃。一次，看到小伙伴们从岸边的石头上一跃入水，潇洒极了，我也产生了试一试的念头。当我从石头上跃起的时候，不是俯冲入水，而是平平地入水，肚皮重重地拍在水面上，当时疼得我好长时间没有喘过气。

洗澡是快乐的，但洗澡的时候被河水冲跑了白球鞋，至今让我耿耿于怀。

那年六一学校开运动会，要求学生穿着白衬衫、蓝裤子、白球鞋。为了满足我的愿望，采蕨菜的时候，爸爸、妈妈在出工之余，尽可能地多跑山，多采集一些蕨菜，然后卖给供销社的收购点。收购蕨菜的时候，收购人员在蕨菜的根部，狠狠地切上一刀，只要头部比较嫩的，其他的就不要了。我们可舍不得扔掉，装在被筐里背回家，用水焯一焯，炒一炒，就是一顿美餐。经过爸爸、妈妈的努力，我的愿望终于实现。可在之后的一次游泳中，一不小心一只鞋被水冲走了。我赶紧回家喊爸爸，爸爸闻讯和我一起在河水中寻找。我一直祈祷白球鞋在哪个浅滩搁浅，或者被树枝挂住，这样它就可以失而复得。遗憾的是，我和爸爸沿着大河寻找了一个多小时，也没有找到，而水也越来越深，我们只好放弃寻找。那个时候，能拥有一双白球鞋，是一个孩子梦寐以求的事情。而我却弄丢了，当时的懊恼和悔恨，今天的孩子根本无法体会。

说起白球鞋，爸爸妈妈还曾经给我买过一双回力球鞋，就是有个厚厚的鞋底，弹性很好。我在苞米楼子北侧的空地上行走，脚下是柔软的稻草，保证鞋子不被弄脏。开始时小心翼翼，后来索性伸胳膊撩腿，右脚贴着稻草向前踢去。结果吓出我一身冷汗，右脚往回收的时候，竟带出一个铁镐头，其中有一个铁镐刚好刺进我的鞋底，我的脚掌明显感觉它的存在。我吓得好半天没有缓过神，一方面心疼新球鞋受到伤害，另一方面庆幸铁锸没有刺伤自己的脚掌。我蹲下身，使劲拔出铁锸头，偷偷放回仓房。到今天我也没明白，为什么稻草里会有铁锸头，如果那天刺穿了脚掌，后果就很严重了，甚至现在想起来我都不寒而栗。

秋天的时候，河套里柳树树叶发黄、枯萎，直至一片片随风凋零。这个时候，芦苇却开始扬花，到了收割的季节。河套里的芦苇伴着柳树生长，收割起来很不容易，所以大人们很少来这里割芦苇，任其自然生长。

但是，我挣的第一份钱就来自割河套的芦苇。

那是我上小学二年级的时候，时间应该是一九七五年。物质的极度匮乏导致的恐慌和对金钱的欲望充斥着每个人的心灵。父母们起得比太阳要早休息得比太阳要晚，操持着半饥半饱的日子。作为孩子，也只能是在巴掌大的天地苦中寻乐。但无论大人还是孩子，都没有放弃对物质的追求。可一切都需要钱啊，而在那个时代，挣钱不仅是靠辛勤的劳动，而且要靠政策的施舍。那年秋天，乡供销社来村里收购芦苇，每斤 5 分钱。父母都去乡里修江堤，想到 5 分钱可以买两根冰棍或 1 本小人书，我和二弟决定去割芦苇。那年我 9 岁，二弟 8 岁。由于年龄小，不敢走得太远，只好到南河套割芦苇。由于怕质量不好人家不要，我们就挑粗大的割，又由于是在河套里，割起来很不方便。经过大半天的努力，精疲力竭的我们终于收获一捆芦苇。我们高兴地轮番扛到收购点，结果总共 10 斤。当我接过 5 角钱的时候，小心翼翼地放在贴身的衣袋里，和二弟欢呼雀跃地跑回家。虽然只有 5 角钱，但它是我们的劳动所得，属于我们自己的钱，它可以给我们带来物质上的享受和精神上的快乐。

秋天是脱坯的季节。南大河的北面，我们俗称南河套，那里有一个黄土坡，一条小溪从黄土坡的南面流过，流进南大河。这里取水方便，又高出草地，地势平坦，很适合晾晒东西。有一年，爸爸、妈妈领我们在这里脱坯。脱坯就是先取出黄土堆成一个大堆，然后在中间挖一个坑，再取河水在坑内蓄水泡土，等土有黏性的时候，从旁边的草地上割草，铡成一两寸的草段，均匀地撒在泥水中，然后不停地用锹搅拌，甚至要赤脚去踩，以增加泥土的弹性。最后，在一个木制的土坯模型中注满和好的坯料，用一木条在上面平整一下，稍停片刻，轻轻一提坯模，一块土坯就成型了，在地上接受风吹日晒。至半干的时候，在原地里立起摆放，人们可以耐心地等待土坯干透，在盖房、垒灶、搭炕上派上用场。

在我的记忆中，土坯主要的用途是盘炕。因为当时比较小，对怎么盘炕记忆比较模糊。2017 年 10 月 24 日早晨，我正在翻看 19 日的《吉林日报》东北风周刊，一篇署名沐兰的文章《东北大炕》吸引了我的目光。文中写道：盘炕是专门的手艺，理想的炕热得均匀且持久。盘炕使热烟顺利排出而又不漏烟气的关键技术是在炕头砌好挡烟墙，分好烟，炕面才能均匀受热。之后，盘炕师傅再根据炕的宽窄长短凭经验走砖“排炕洞”，通常用 30 厘米 ×20 厘米的小块坯砌烟道，再在炕洞中填上半炕高的干土夯实，以防低处积聚太多的冷空气导致烧炕不易升温。

一天，我们全家在那里热火朝天地脱坯，突然妈妈发现看不见三弟。他刚会走，带他来也没想到会有危险。我们四处打量三弟的身影，我和二弟同时发现三弟已经落水，透过清清的河水，能看到三弟在水中手舞足蹈。就在大家一愣神的工夫，二弟已经箭一样蹿过去，三下五除二将三弟从水中拎了出来。三弟由于受到惊吓，哇哇大哭，我们也是心有余悸。妈妈抱起三弟，飞快地跑回家。一场虚惊被二弟的勇敢化解，这一幕我偶尔讲给三弟，他根本没有记忆，那年他仅有 1 岁多。

南大甸子里生长着矮矮的柳树，东一棵西一棵，点缀成自然的风景。当年年龄小，个子长得矮，感觉柳树很高大，可以为自己提供藏身的地方，事实证明我是错误的。

那一年初秋，果实在枝头尽情地炫耀季节的成色。我和小伙伴们的眼睛盯上前院焦大娘杖子边沙果树上的果实，琢磨着找个时机解解馋。一天中午，趁焦大娘午睡，我们三个小伙伴警惕地攀上果树，开心地享受难得的美食。但好景不长，焦大娘很快发现了我们的身影，大骂了一句，迅捷地撵了出来。我们一看事情败露，赶紧从树上跳下来，撒欢地往南大甸子跑去，并且迅速地趴在一棵柳树下，隐藏在草丛中，幻想着躲过焦大娘的追赶和搜索。就在我们暗自得意的时候，突然一声断喝：“小兔崽子，偷吃我家的沙果，看我不打死你们”。惊悚中抬头看见焦大娘叉腰站在我们面前，柳树和她一般高。在我们的求饶声中，焦大娘撂下一句狠话：“再偷吃沙果打断你们的腿”，矮胖的身子就渐行渐远，留下我们在那里心惊肉跳。

这段经历印象深刻，以至于我把故事写成诗歌，在《延边日报》上发表，也算是为我的诗歌创作提供了难得的素材。

冬天来临的时候，整个南大河宛如一条飞舞的银龙。冰冻的河面是天然的滑冰场，我们这些半大小子每天都在这里疯野，因为冰面很结实，比较安全，大人们也可以放心。当时滑冰的主要工具是冰车，冰车分两种，一种是蹲式冰车，冰车的面只能放两只脚，脚跟处略高，中间有一个竖柽。冰车下面可以是带锯条制作的冰刀，也有用铁线钉在一块前头半圆的木方上，主要就是有利于滑行。另一种是坐式冰车，屁股下面是一个椅子型的底座，离冰面 10 厘米高，两个带的底下都镶嵌着铁线，一个连接杆连接前面的转向头，腿伸开稍稍弯曲。两种冰车都是滑冰人一手一个冰穿，扎向冰面，然后奋力前撑，冰车就会滑向远方。蹲式冰车滑行速度快，更讲究滑行技巧，滑行起来比较优美、舒展，给人风驰电掣的感觉。但如果滑冰人技巧不行，就会跌倒在冰面上，吃一点苦头，但也会博得小伙伴们善意的笑声。不敢滑蹲式冰车的人，就滑坐式冰车，优点是安全，缺点是速度慢，但可以两三个人相互配合，有推的，有拽的，好不热闹。

说实在话，那个时候的孩子动手能力都特别强，冰车都是自己制作，几个小伙伴凑在一起，有当师傅的，有打下手的，分工明确，配合默契。其实孩子们没有现成的玩具，只好自己动手制作一些简易的玩具。如：铁环、沙包、手枪等。有一段时间，伙伴们之间流行用黄杨木制作饺子匙、筷子、叉子等小物件，谁都以拥有这么一套小物件而自豪。黄杨木很坚硬，需要先用刀削出模型，然后用砂纸打磨。砂纸打磨以后，还不够细腻光滑。小伙伴们经过反复研究，发现节骨草有这个功效，于是每个人手里捏着一段段节骨草，反复打磨小物件。你还别说，效果确实不错。

冬天在大河凿冰捕鱼是一件很刺激且兴奋的事情。室外温度零下20多度，河套里风势较弱，阳光照射下来减弱寒冷的强度。选取一截河湾柳树较多的地方，这里水浅水质好，易于柳根聚集。柳根鱼是冷水鱼，小溪边儿的柳树根部往往被水冲刷成空洞，须根则成蓑衣状，随着水流轻舞慢摆，是柳根子最喜爱的藏身之地，柳根鱼之所以叫柳根子应该就是源于此。柳根鱼体型修长，侧扁，体背侧灰黑色，腹部白色，背部正中有隐约黑条纹，有的种类体侧有许多不规则的黑色小斑点，尾鳍基有1黑色斑点，口小，端位，上颌稍长于下颌，吻钝圆，头部较长，头长长度大于体高，眼中等，鳞片很小，排列紧密，胸、腹部无鳞，侧线不完全，在腹鳍之前有弯曲，背鳍较短小，胸鳍椭圆形，尾鳍内凹，尾柄细长。成鱼体长为12~18厘米。

我和二弟用铁钎子轮番刺向冰面，期望凿开一个直径一米的冰窟窿。铁钎子竖直刺向已经碎裂的冰块，就会带来冰屑迸溅，厚厚的冰层开始凹陷。我们时常要停下来清理冰屑，检验劳动成果。随着铁钎子反复推进，终于迎来破冰涌水的时刻。用网状抄捞子取出冰屑冰块，然后用抄捞子快速搅动河水，待水面平静以后，开始用抄捞子捞鱼。如果运气好，会收获一些柳根鱼。运气不佳，只能望冰兴叹，扫兴而归。凿冰是个体力活，凿两个冰窟窿就腰酸腿疼，不管收获多少，应该收工回家。

冬捕曾经沉寂很长时间，渐渐从人们的视野中消失。但旅游文化的兴起，使这种渔猎文化重新回归生活。东北各地争先举办渔猎节，以此吸引游客。渔猎节上最吸引人的是捕鱼数量和头鱼拍卖，往往成为一段时间茶余饭后的话题。我对这种节日性质的捕鱼不感兴趣，倒是很想再尝试一下凿冰捞鱼的乐趣。看着眼前瘦瘦的河流，我想很可能成为奢望。

南大河静静流淌成我的心河，在岁月的河床中一直清亮如初。一朵浪花承载一段往事，一次奔流涌动一缕乡愁。只要我的爱还在，只要生命还允许回忆，母亲河就一定在我记忆的河床里涛声依旧。

现在的南大河已经瘦成一条小溪，弯弯曲曲地流淌在生命的记忆中。两岸早已改变了模样，它也失去了往昔的激情澎湃，但我依然对这片土地眷恋不舍。

村部往事

村部坐落在卧虎山尾部，靠近山根，村部之上称为“坎上”，村部之下称为“坎下”，是小村的中心。

三间宽大的泥草房，俗称“草泥拉房”。草泥的主要原料是黏土、沙子、稻草、水和泥土，经过搅拌混合而成，装墙的时候，先在基石和房梁之间钉数个木条，然后将收割的洋草在草泥中充分裹足泥浆，在木条之间横向编织，像编筐的样子。里外抹上墙泥，墙面光滑、结实耐用。初期各家各户的房子都是“草泥拉房”，后来人们学会土坯建房，先制作土坯，再垒土坯建房，工艺上有很大进步。

西间是会议室，西墙居中是领袖画像，四面墙壁上贴着各种标语。领袖画像下方是一个桌子和两把椅子，前面的空地里不规则地摆放二三十个长条木凳，供参加会议人员使用。中间是办公室，两个办公桌椅靠北墙摆放，屋子的南侧砌着一个炉子取暖，铁皮烟筒从门梁伸到室外。墙上贴着组织机构表、生产任务进度表等。在房门西侧的墙上，挂着一把铁锤，主要用途是早晨敲钟催工。悠远刺耳的钟声穿透小村清晨的寂静，催促人们到村部领活上工。东间是广播室，窗外立着一个松木杆，杆子的下部吊着一口铁钟，是催促上工的专属。杆子的上部安装三个大喇叭，分别朝向东、西、南。只要最高指示一经传达，这里马上广播。对大队布置的工作，领导们也要在这里说一说，该表扬的表扬，该批评的批评。村部的前面是小广场，黄土夯实地面，村路从南侧穿过。后面是豆腐房、牲口棚子和一眼水井。日出日落，这里上演着难以忘记的故事。

小山村隐在群山之中，一条自东向西的山路弯弯曲曲地伸向外面的世界。说到小山村的闭塞，每天的日出日落主宰着村民简单的生活，一曲田园牧歌像一张老唱片，在村民的心中慢悠悠地回响。但再闭塞的村庄也能接收来自外面的信息，政治、经济、文化等都能让小山村亦步亦趋，接受文明与野蛮的洗礼，当往事尘封在历史的褶皱里，沧桑爬满小村的额头。

据母亲回忆说，我们家曾被大队书记在大喇叭中表扬过一次。当时，公社干部到村里工作，由大队书记提前派饭，大队会根据派饭情况记工分，算是一种补偿吧。当然，大队书记也会嘱咐两句，主食上没有什么特殊，都是大馇子、玉米饼子和煎饼，老乡吃什么，公社干部吃什么，不搞特殊化。但要掂量几个菜，都是应季蔬菜，好一点的，会炒上一盘鸡蛋或者炒一盘花生米。我们家受到表扬是因为派饭比较卫生。当时村里人吃煎饼的时候，习惯用水将煎饼淋一淋，软乎了再吃。一般情况下，女主人会用木瓢舀半瓢水，喝上一口，然后从口中直接喷到煎饼上，湿一会儿再折叠上桌。有的女主人习惯成自然，根本不避讳下乡干部，干部们也视若无睹照吃无误。到我家的时候，母亲是用新扎的刷箸弹水，下乡干部非常高兴，大队书记也觉得露脸，在大喇叭里表扬我家，评选我家为卫生户，号召全村向我家学习。

西间会议室用途多，村里的大事小情都要在这里议一议。每家一个代表，谁说的算谁来，七嘴八舌一顿说，少数服从多数，形成决议就执行。当然，更多的时候，大队经常在这里组织学习，念念报纸，传达文件，让村民知晓天下大事。人员最多的时候就是批判地主老钟头，那叫男女老少齐上阵。当时西山墙中央悬挂毛主席画像，下方是红纸上书写的标语。公社领导在主席台就座，主持着批斗会。老钟头在主席台的前面站着，低着头，弯着腰，看都不敢看台下的革命群众。几个小闯将开始控诉老钟头的犯罪事实。说到激动处，马上就拳脚相加，巴掌打得啪啪响。懵懂的年龄，我也不知道老钟头犯了什么错误，只是感觉老人很可怜，打人的人很可恨。心里的恐惧感在白炽灯的照耀下越发惨白，一颗童心在惴惴不安中期盼风暴快点过去。革命群众的态度与会场的气氛似乎不协调，有打哈欠的，有织毛衣的，有哄孩子的，冷眼看着台上的批斗会，心里盘算着明天早晨吃点什么才能填饱肚子。偶尔会在主席台上的领导呵斥下，快速融入会场气氛，挥舞着拳头，表达着自己的阶级立场。不知什么时候，听到主持人喊散会，马上一窝蜂地挤出会场，急三火四地回家。夜晚的小村很黑，走在路上深一脚浅一脚的，手电筒的光柱像一个醉汉，踉踉跄跄地找到院门，推开门板，小心翼翼地落栓，紧走几步推开房门，又是小心翼翼地落栓，舒上一口气，抓紧上炕休息。心里想着，明早鸡叫，又是一天。

民风淳朴是小山村的主基调，和谐共生是村民的朴素情感。在日出而作、日落而息的环境里，一个新鲜话题就能让小山村沸腾上几天，成为人们茶余饭后的谈资。

村部前有个小广场，一年到头村民可以看几场电影。每到放电影的时候，我和小伙伴们会早早地聚在这里，使自己家的长条凳抢占有利位置，到时一家老小就可以拥在一起看电影。电影放映前，我们这些孩子就会满场追逐，打闹嬉戏。电影一开演，整个小广场就会安静下来，只有电影放映机上胶片转动的声音和喇叭中传出电影中的声音。放电影的银幕是白色的，一边绑在一个杆子上，银幕离地有 1 米多高，杆子用铁丝和铁橛子拉紧固定。播放的电影都是革命题材的影片，如：地雷战、地道战、智取威虎山、小二黑结婚、柳堡的故事、铁道游击队等。那时电影在这个村放完了，就会转到下一个村，而我们这些半大小子就增添一份乐趣，追着放映队看电影，直到放映队离开这个沟为止。当时我们那条沟有双龙、共荣、保安、福胜四个村，我们就会一直追下去，成为生活的一大乐趣。

小山村的大事件都会在村部的小广场上隆重上演，这里就成为小山村政治上的“晴雨表”。

1973 年春季的一天，大队说公社分配给我们一台 75 马力的东方红拖拉机。女拖拉机手已经参加公社组织的培训，这几天就要把拖拉机开回来。之后的几天里，拖拉机就成为全村人谈论的话题，因为这个话题，料峭的春天暖了许多。

终于，在数日后的一个中午，在全村人的簇拥下，女拖拉机手开着拖拉机荣耀回村。崭新的东方红拖拉机碾压泥泞的村路，势不可当地向村部进发，隆隆的轰鸣声，炫耀着机械的力量，让大地发出微微的颤动。女拖拉机手英姿飒爽，熟练地操纵拖拉机稳稳地行进。在这个春日里，她就是小山村最美的风景。

其实全国最早的女拖拉机手是梁军，1962 年 4 月发行的第三套人民币一元券上女拖拉机手原型是她。但由于人民银行没有通知她，连她本人都不知情，只是觉得与她的一幅照片很像。直到 2003 年 6 月的一天傍晚，梁军忽然接到央视节目主持人崔永元的助手打来的电话：梁军阿姨，我们向人行查询了，他们答复，一元钱上的女拖拉机手原型就是你。你上北京来吧，我们要做一期节目。7 月初，由梁军参与录制的《小崔说事·钱啊，钱》在央视播出，全国观众都知道了梁军就是壹元人民币上的女拖拉机手原型。

当然，在这个小广场上，我见证了最隆重的事件就是伟大领袖毛主席的追悼会。从 1976 年 9 月 9 日至 9 月 18 日，全国下半旗志哀，记忆中我们在学校扎花圈，一朵朵洁白的绢花在手中盛开，寄托着深深的哀思，轻轻地系在圆形的藤条上，摆放在小会场主席遗像的周围。

9月18日，全国遍设追悼会分会场。听着广播里传出的哀乐，村民们都泪眼婆娑，主持人更是数度哽咽。当时的人们感觉就是像天塌了一样，甚至不知道以后应该怎么工作生活。由于没有找到吉林省的相关资料，我只能从广州市档案局解密的资料一窥全貌。当时广州市市属各县区各战线参加当日追悼大会的共计2004252人，因参加追悼大会而晕倒需要抢救者8050人。从中我们可以感受到参加者之众，全国人民对毛主席感情之深。

里尔克说：你要像一个原人似的联系去说你所见、所体验、所爱以及所遗失的事物。关注童年的一段特殊经历，这样的觉悟与呈现，适合我以自己的方式在真实生活中喃喃自语，还原一段人生的春天。

村部前的小广场上，每年都要举办一次春季运动会，时间基本上是六一前后。白衬衫、蓝裤子、白球鞋是每个孩子的标配，家长们绞尽脑汁想办法，别委屈孩子，也别丢自家的脸。项目多是百米赛跑、吊瓶、运算等项目。1975年6月1日，全校春季运动会如期举行。我当时报名的是画鼻子，就是用手巾蒙上眼睛，走到20米处对应的图版前，在脸谱上画出鼻子。为我蒙眼睛的老师是我家邻居，有意给我蒙得偏上，仰头就可以看见图版。但是我实在太诚实，在裁判发令前主动说明情况，要求重新蒙眼睛，逗得围观的家长和同学们发出惊讶的笑声。结果可想而知，我没有取得名次。但学校还是发给我一个算术本，作为对诚实的鼓励。我很感激这次褒奖，童心在春天里能够保持自然之美。

2019 年 12 月 12 日，同事张岩磊开始读我的散文集《在灵魂中行走》。13 日早晨 8 点，他来到我的办公室，有些兴奋地说："我这两天走进你的生活，了解你的双龙村。但是你知道吗？于洋对双龙村更是记忆深刻。"我感到意外，好奇地问："这是什么情况？"张岩磊简单地介绍说："于洋小的时候掉进你写的村部那口井里，被村民救上来，在黄牛背上控水才活过来。"

"有这样的事情"。我的好奇涌上心头，真是无巧不成书。我的记忆中不曾存储这个事件的信息，但事件当事人是我身边的同事，事件发生地点又是双龙村。我决定找于洋了解事情始末。

在于洋的办公室，他首先肯定这件事情的真实存在，并详细描述当时的情景。那是 1970 年夏天，于洋当时只有 8 岁。学校放暑假，在县城上班的爸爸妈妈无法照顾他，只好送他到双龙村的三爷三奶家。城里的孩子看什么都新鲜，总想亲手试一试。三奶去村部后面的水井挑水，于洋脚前脚后跟着，碍事的时候，三奶也不恼，喊上一嗓子，他就消停一会儿。取水的时候，三奶先将水筲挂在辘轳绳上，慢慢放下水筲，当水筲与井水接触的瞬间，只见三奶攥住绳子一抖，水筲扎进井水，顷刻间井水灌满水筲。然后三奶摇动辘轳把子，水筲从井眼中慢慢升起，到达井口的时候，三奶左手稳住辘轳把子，右手将水筲拎到井台上。如此反复，打满两桶水，三奶右肩担着扁担，半蹲下来，前后的挂钩钩上水筲梁的凹陷处，身子一挺，水筲悬空，迈开大步向家中走去。到家中外屋，三奶将水倒进缸里，扁担和水筲就放进西屋储物间，然后就忙其他的农活。于洋觉得挑水是一件快乐而又冒险的事情，可以大胆尝试。一天，乘三奶没有留意到他，于洋拎着扁担和水筲就往水井跑，途中遇到老姜大爷，于洋也没有像往常那样打招呼。姜大爷嘟囔一句："这孩子，愣头愣脑的，着什么急啊。"

于洋一口气跑到水井，模仿三奶的样子挂上水筲，转动辘轳把子将水筲滑进水井。初时一切顺利，当水筲与水接触，就开始不听话，始终漂在水面上，无法取水。于洋心里着急，学三奶的样子抖井绳。因为个子矮小、手臂短，向前探身过猛，结果一下子扎进水井，什么都不知道了。

当于洋清醒过来的时候，发现自己趴在牛背上，头冲下正在控水，三爷三奶和姜大爷吆喝着牛前行，还要照顾他。看见他活过来，三奶如释重负地嚷着："哎呀，我的娘呀，小祖宗，你总算醒了。要不是你姜大爷，你的小命就完了。你逞什么能啊，你要是有个三长两短，我怎么跟你爸妈交代啊。"

事后，听三爷三奶说，那天姜大爷看见于洋手里拎着扁担和水筲，猜测于洋要去打水，心头一惊，快步走向水井，远远地看见于洋在抖井绳，后来就栽进水井。姜大爷边跑边喊："孩子掉井了。"附近的人们听到喊声，都跑向水井。姜大爷将井绳系在腰间，下到井里捞出正在扑腾的于洋，众人摇动辘轳把子将两人升井。为了控出呛水，姜大爷牵来黄牛，让于洋伏在牛背上，赶着黄牛跑起来，在重力颠簸下，于洋大口吐着井水，捡回一条命。

于洋掉井这件事一段时间成为双龙村的话题，因为于洋的名字有个“洋”字，人们再去打水，总会相互逗趣地说：“打两桶羊汤回家。”

于洋事后被爸爸妈妈接回城里，人虽然没有什么事情，但腰部还是受伤了，年轻的时候影响不大，有点驼背。现在腰椎经过手术，比以前身姿挺拔。

我跟于洋相约一起回双龙村看一看，虽然那口井早已填埋，但可以在故事中寻找温暖。

2020 年 2 月 21 日，我在凌晨被一段梦境吓醒。梦中一群人正在宰杀一头牛，场面很血腥。醒来以后，我感觉可能暗示我的写作。随手翻开《不安之书》，佩索阿在谈到真实的危险不值得感受时，他写道：对于那些没有任何想象力的人而言，直接经验就是一种逃避，或者避难所。一个人在猎杀老虎时遇到了危险，读到这里时，我觉得一切危险都值得我们去感受，除了真实的实地危险，它不值得去感受，是因为它消失时不会留下一丝痕迹。

童年的时候，我曾在生产队的牛舍目睹老牛经历了真实的危险。

在双龙村村部后面，是村里的牲口圈，饲养着马和牛。一年中秋节前夕，一头黄牛生病，没有治疗价值，但可以食用。经过请示公社，村里决定宰杀这头牛为村民搞福利。

第二天早晨，很多人围着牛舍看热闹，老黄牛被牵到空地，本来身体虚弱，看到这个阵势顿生恐惧。它不安地试图挣脱控制，摇头摆尾表达内心的烦躁情绪。村里没有专业杀牛的人，一个胆大的人决定用大锤结束老牛的生命，尝试几下无法下手，胆怯地败下阵来。后来大家议论说用枪打，大队书记同意用半制动步枪击毙老黄牛。民兵连长取来步枪，在离牛五米处站好，缓缓端起枪，向老黄牛的头部瞄准。所有的人都在等待这致命一击，由于紧张和兴奋，人们都屏住呼吸，瞪着持枪的民兵连长。突然，老黄牛前腿一曲，身体向前一倾，跪在民兵连长面前，浑浊的眼眶里竟流出泪水。人群瞬间惊呆，继而议论纷纷，说老牛不想死啊，老牛真有灵性。民兵连长惊呆在原地，身体在微微发颤，枪重重地垂下来，然后丢下一句话："老牛都知道下跪，我下不去手啊！"扭头从人群的缝隙中奔了出去。

老黄牛以一跪阻止了杀戮，保全了自己的性命。乡亲们感动它的灵性，对它高看一眼，同时对其他牲畜不再随意打骂。如果有人打骂牲畜，看到的人就会劝告说："它们都是有灵性的，对它们好一点，就当积德行善了。"

老黄牛最终还是死了，因为是病死，乡亲们将它深埋处理。佩索阿说，世上的人们都是同一条船上的乘客，从某个未知港口驶向另一个未知港口，我们应当怀着一颗旅者的心对待彼此。

对人如此，对待动物亦如此。我想。

学校的苦乐年华

在村部的西边就是小学旧址，我在这里读到二年级。后来公社在村东头新盖了校舍，我们就到新学校上学了。因为学生比较少，我们的班级都是复式班，一年级和三年级一个教室，二年级和四年级一个教室，五年级单独一个教室。给一个班上课的时候，另一个班上自习。那时候我们没有课桌，只是用两块长长的红松板方钉上立柱，高的作为书桌，矮的就是板凳，同学们会在书桌条案的内侧钉一个钉子，把书包挂在上面。黑板也是木制的，刷上墨渍做黑板底色。由于墨渍没有耐久性，一块黑板要反复刷，结果教室里总会闻到臭烘烘的味道。教室的中间是一个冬天取暖用的炉子，底座是砖砌的，上面扣着半个汽油桶用来散热，长长的炉筒一竖一横伸向窗外。教室的后墙堆放着烧柴，都是同学们从家里带来的。一年级和二年级，我就是在这样的环境读书、学习。三年级以后，公社给我们盖了新学校，我们也有了木制书桌，两个人用一个，但其他设施没有太大的变化。

当时小学生实行“一费制”，没有学杂费，只缴纳书籍费 2 角 8 分钱，《语文》《算术》分别是 1 角 4 分钱。由于来钱道少，家家户户解决书籍费主要靠卖鸡蛋。一个鸡蛋可以卖 4 分钱，7 个鸡蛋就解决问题。但是在贫穷面前，有些学生充分体味贫穷的滋味。记得开学的时候，由于教材还没有到学校，老师只好让学生抄课文。家里条件好的学生，用稿纸抄写课文，红色的方格内字迹工整规范，看一眼就心生欢喜。家庭条件差的学生，用糊窗户的纸装订好抄写课文，看上去就没有那么雅观了。等课本发到学生手中，第一件事情就是包书皮，牛皮纸、大白纸甚至报纸都能派上用场。当时课外读物少，一个班也没有几本，谁的手上有课外读物，在同学中是一件值得炫耀的事情。记得二年级的时候，爸爸在县新华书店给我买了一本绘图课外读物《乌鸦喝水》，清晰地记得封面上画着一只简笔彩色乌鸦，大长嘴正叼着石子，伸进盛着半瓶水的瓶子。故事的梗概相信很多人都知道，很多人也读过这个寓言。一书在手，我兴奋得晕了头，将这本书带到学校，同学们争相传阅，爱不释手。上政治课的时候，我还在贪婪地读，结果被宋老师发现了，书被没收了。但留下一句话，期末考试打 90 分以上，再来找我取书。艰难地熬到快要放假，但因为成绩没有达标，《乌鸦喝水》一直放在宋老师的抽屉里。一天，趁宋老师收拾办公室，我以帮忙为借口，将这本书顺回来了。我的小聪明没有躲过老师的眼睛，但他什么也没说，假装没有看见，任由我阴谋得逞。

三年级春天开学的时候，我们搬到村东的新校园开始新的学习生活。

为了美化校园，学校动员学生上山挖树，栽种在校园四周。我和二弟想表现一下自己，让老师夸一夸，决定挖两棵大杨树，栽在学校门口。当天中午，我们拎着铁锹爬上卧虎山，选了两棵 3 米多高的杨树，就热火朝天地挖起来。费了九牛二虎之力，我们终于如愿以偿地扛着杨树下山，又马上栽在学校门口。两棵树在门口有点鹤立鸡群，满足了我们小小的虚荣心。至于这两棵树是否活下来，就记不清楚了。

学校在村东，学生们的家基本上都在村西，回家吃中午饭就要穿过整个村子。春秋两季护林防火期间，学校会安排我们排成一队，边走边喊口号：“春风大，草木干，护林防火要当先”“秋风大，草木干，护林防火要当先”。刚开始的时候，学生多，喊声震天。越往西走学生越少，声音就小了许多。我家从西边数是第四家，所以等我到家时，身边就剩几个同学了。但我们还是会一起喊到最西边第一户，才回家吃饭。因为在我们的心中，护林防火是大事。学校布置的任务，必须保质保量地完成，不能打折扣。有时家长冲我们招手，让我们快点回家吃饭，我们还是会完成任务才回家，并且故意提高音量，使劲挥舞手臂握紧拳头，表达我们的决心和意志。等走到最后一户的时候，肯定撒腿往回跑，以最快的速度回家吃饭。

冬季来临，从村西步行到学校，近 3 里的路程，对我和弟弟们是一件辛苦的事情。平日里村路有“道眼”，就是人们在雪中走得久踩出的小路，行走起来还比较省劲。大雪过后，我们只能沿着村路方向蹚雪到学校。教室点炉子成为一件头疼的事情，虽然安排了值日生，但效果也不好。后来，宋老师想了一个办法，要求到校的学生第一件事情就是把名字写在黑板上最左边的位置，然后依次排列下去，他就可以掌握全班出勤情况。并且制定奖励措施，连续一周第一个到学校，奖励一朵小红花。

为了得到小红花，我发疯似的早早来到学校，在固定位置拿到钥匙，抓紧打开门进入教室，跺干净棉鞋上的雪，将老师的椅子搬到黑板最左侧下面，手拿粉笔站在椅子上，在黑板上写下我的名字。虽然不够工整，但第一的位置让我很开心。从椅子上下来，马上给炉子生火，等同学们陆续来到教室，教室已经有温度了。生炉火不是容易的事情。要先将昨日烧剩的木炭和炉灰清理干净，在炉口处，挑选几块桦树皮做引柴，之上左右交叉摆放一些小木块，火柴点燃松树明子，放在引柴之下，一会儿的工夫，炉口的烧柴噼啪燃烧。这个时候，再讲相对大一些的烧柴交叉放进铁炉，一堂炉火稀释着室内的寒气，教室渐渐温暖起来。陆续到来的同学围着炉火暖暖手脚，心满意足地回到座位开始学习。

这个冬季，我承包了班级生炉火的任务，意味着我是每天第一个到校。墙上的小红花一周一朵，直线向上生长，大有一览众山小之势。付出总有回报，放假之前，我被评为“三好学生”。

从三年级开始，我们必须参加学校的勤工俭学劳动。当时，我们学校有五垧勤工俭学用地，主要种植苞米、黄豆、土豆和甜菜，卖钱补贴教学费用。我们这些学生是主要劳动力，每年都要参加播种、铲地、收割等义务劳动，学校也会象征性地给我们一点实物补偿。

上三年级那年，学校的苞米大丰收，学校决定每个学生分 82 斤玉米。当我和弟弟把这个消息告诉父母，他们十分高兴。在当时，成年劳动力一年的口粮是玉米 360 斤，而我们学生是 420 斤，现在我和弟弟又分得 164 斤玉米，父母高兴地说："比吃返销粮强"。

现在的孩子们已经不知道什么是返销粮。20 世纪 70 年代，生产队要交公粮，也叫爱国粮。交完公粮以后，剩余的粮食才能分配给村民。丰年粮食刚够吃，灾年粮食根本不够吃，国家会在青黄不接的时候，给农民发放返销粮。我的记忆中返销粮就是玉米，价格略高于公粮，生产队做好测算，集体领回来，再分给村民们。农民吃返销粮，脸上发烫啊，但没有人抵得住饥饿的折磨。靠着返销粮，双龙村的乡亲们度过了难熬的日子。

四年级的时候，学校储存的土豆全部被冻坏了，结果开春的时候，每个学生又分了 100 多斤。我清晰地记得，同学们把冻土豆当冻梨吃，轻轻地将皮扒掉，里面的冻土豆也有些甜。当然，美味不可多用，一两个尝尝还可以，吃多了会难受的。但父母比我们有办法，将冻土豆用电磨加工成粉末，然后过滤出淀粉，再将淀粉用热水烫一下，和面包蒸饺，让我们全家人吃几顿美餐。

在收割甜菜的时候，我和两三个要好的同学会以各种借口拖在后边，然后在同学们走远的时候，把自己干活的时候藏好的甜疙瘩，快速地放进背筐，悄悄地背回家中。奶奶会将甜疙瘩洗净，切成片，加水在大锅里熬出糖稀，然后装进一个陶瓷罐子里保存。在我们吃窝头难以下咽的时候，我们会眼巴巴望着陶瓷罐子，口中的窝头就是不下咽。奶奶明白我们的心思，分给每人一汤匙糖稀，让我们蘸着吃窝头。说心里话，每到这个时候，我就感觉糖稀是世界上最甜美的食物。

童年的记忆属于人生这棵树的庞大根系，在岁月的土壤里伸展生长，少年是鹅黄的叶片，青春是绽放的花蕾，中年是成熟的果实，老年是霜天的红叶。一花一叶总关情，情到深处忆儿时。

除了种勤工俭学田以外，我们还要参加拣橡子和各种支农活动，如薅谷子、铲地、扒苞米、割黄豆等。

橡子是柞树结出的果实，有点像板栗，成熟的时候，就会落在地上。我们捡橡子主要是卖给供销社，供销社收购了以后据说用来加工猪饲料。在班主任的带领下，我们要到南沟柞树密集的地方捡橡子。早晨出发的时候，每个人一个小被筐，一个小书包，里面有一瓶水和几张煎饼，条件好的家庭会给孩子带一两个鸡蛋或者咸鸭蛋，条件不好的家庭就带一把大葱，这就是我们的午饭。捡橡子的时候，要先将被筐放在一边，左手拎个小塑料袋，右手捡橡子，边捡边装，到一小袋的时候，就倒进被筐里，然后拎着被筐走上一小段，如此循环往复。捡橡子不是一件容易的事情，有时要翻好几座山。翻山的时候，就会路过生产队的瓜地和田地，如果细心找一找，也会有所发现。有一次，路过一个罢园的瓜地，老师让我们找几个西瓜蛋子，解解渴。功夫不负有心人，真发现了几个漏网之瓜。我把发现的瓜塞进书包里，没舍得吃，一直随身背着，直到晚上回家和全家人一起开心地吃瓜。罢园的西瓜味道一般，但是全家人的心情格外甜。其实，也不是我多么懂事，就是物质太匮乏，好多东西吃不到，得到以后很珍惜，当然也希望和家人一起分享。

支农的时候，我们都很快乐，一是不用上课，二是有美味吃。我说的美味就是大豆腐汤。中午的时候，我们就会发现负责做饭的几个婶婶、阿姨远远地走过来，每个人挑着两个水桶，一颤一颤的。来到田头，将水桶放稳，扁担放在一边，从水桶上摘下一个铁皮制作的小水勺，冲我们喊："开饭了"。我们一窝蜂地跑到地头，赶紧找到自己的铝饭盒，把煎饼拿在手中，一边去排队打菜。其实水桶里只有一个菜，大豆腐、五花肉炖粉条，每人一勺子。捧着饭盒里的美味，找一个树荫下慢慢地吃。直到现在一想起这道菜，我好像还能闻着菜的香味。那时家里炒菜很少有肉，有点油星就不错了。考虑到我们支农辛苦，生产队特意杀一头猪犒劳我们。虽然辛苦，但每天能吃上一顿大豆腐、五花肉炖粉条，我们也就知足了。

支农的时候最痛苦的就是蚊虫叮咬。饥饿的蚊子们在空中飞舞，只要你保持短暂的静态姿势，它们就会出其不意地发起攻击，在裸露的皮肤上进行亲密接触，直到痒痛反映提醒，你才知道蚊子已经偷袭得手。盛怒之下，一只手使劲抡过去，蚊子当场毙命，蚊子的残肢断臂和一摊血水，满足你复仇的快感，但肿起的小疙瘩成为蚊子短暂一生的勋章。老牛对付蚊虫叮咬有自己的绝招。在地头的水塘里打几个滚，满身泥浆在阳光下晒上一会儿，就板结成防御叮咬的铠甲，蚊虫们只好围着老牛乱哄哄，不胜其烦之下，老牛甩着尾巴驱赶这些不速之客。

我对蚊虫叮咬记忆深刻，但只停留在表象。2019 年 10 月 25 日早晨，我读哈斯凯尔的《看不见的森林》，他在 5 月 25 日的日记《波纹》中写道：有一位蚊子女士降落在我的手背上，我听任它刺探我的皮肤。它身上是老鼠毛般的褐色，有些细微的绒毛，腹部往下呈现出扇贝形花纹。它弯曲着纤细的腿，身子平贴在我的皮肤上。从它的头部伸出一个口针，然后在我的皮肤上缓缓移动这根长矛，似乎在寻找最佳穿刺点。它停下来，牢牢站定了。随后，当它把头落在两条前腿间并将长矛刺入时，我体会到一阵灼烧感。当它往深处扎，一直伸进去好几厘米时，刺痛感仍在继续。支托口针的鞘已经向后弯折到他的几条腿中间，只剩下一小段细细的管子，露出于它的头部与我的皮肤之间。这根口针看上去似乎只有一根轴，实际却是由好几件工具裹在一起。两根尖锐的刺血针有助于划开皮肤，为唾液管和麦秆一样的食道打开通道。唾液管中渗透出防止血液凝结的化学物质。正是这些化学物质引起过敏反应，也就是我们常说的蚊子叮咬所致的痒痛。哈斯凯尔作为一名生物学家，用人性为我们静静地观察富有生机的蚊子，为我们重新发现和发展这种天性提供了一种途径，也为我解读少年的懵懂感觉。从这个意义上说，我钦佩哈斯凯尔，他让这个世界没有蒙受损失，随时保持同蚊子的最后一丝维系。

薅谷子是最累的农活，需要我们弯腰薅草或蹲式薅草。弯腰薅草就是两腿分开，骑在垄台上，两只手交叉薅草，但这需要长时间弯腰，走上几步，才能直腰望向远方。蹲式薅草就是人的脚一前一后，蹲在垄沟里，一只手拨弄秧苗，一只手清除杂草。当然，也可以准备一个小凳，坐在上面薅草。一天下来，累得腰酸腿疼，走路都一瘸一拐，我们打心眼里不愿意薅谷子。

扒苞米的活我们是主力，主要体现人多力量大。从一侧开始，向怀里带出一根秸秆，将苞米扒出来，扔在土篮子里，如此循环往复，装满土篮子就装车。口渴的时候，我们将苞米秸秆的根部数节当甜秆，嗑去坚硬的外皮，将内芯在嘴中反复咀嚼，吮吸软组织中的甜汁，就可以解渴。

休息的时候，五花山吸引我们的眼球，我们会痴痴地望着山峦发呆。在这些风景中，我尤其喜欢枫树，霜染的红片层层叠叠，枫叶的繁茂在红色的映衬下更加鲜明。年幼的我，无法知晓枫叶变红的原因，问身边的大人，他们会说："让霜打的。"霜怎么打树叶呢，我还是不明白。

2019 年 10 月，我读哈斯凯尔的《看不见的森林》，关于木质部的介绍，我明白了其中的道理。每根树干内部，都隐藏着大地与天空、土壤水分与太阳火力之间至关重要的连接线。在树叶内部，阳光使水分从细胞表面蒸发出来，通过呼吸孔散失在空气中。当水蒸气从湿润的细胞壁溜走时，剩余的水分，尤其是细胞之间狭窄空隙中的水分表面张力增强。这股张力将更多的水分从叶片深处牵引出来。拉力转移到叶脉中，再向下传给树干中的水分疏导细胞，最后一路到达根部。每个蒸发出去的水分子所施加的拉力都极其微小，就好像轻轻拂过丝线的一缕微风。然而数百万个水蒸气分子组合起来的力量，却足以从地上拽起一道厚重的水练。太阳的力量牵引着水分在枝干中流动。枫树的木质耐霜冻，当温度在夜晚刺骨的霜冻与白天的暖阳之间产生上下波动时，树液就十分充沛，当天气始终不冷不热时，树液就会停止流动。从以上论述中可以看出，当春天温差较大的时候，枫树的树液充沛，在霜降来临以后，枫叶就异常殷红饱满；当春天不冷不热的时候，枫树的树液由于停止流动而欠缺，在霜降来临以后，枫叶的红不温不火。

这篇文章解开了我心中多年的疑团，这一切都是拜阅读所赐。在毫不妥协的物理法则面前，树木似乎只是束手无策的囚徒。在摒弃自我的人类求索面前，不停阅读可以引领思想的蜕变。

晚上收工回家的路上，因为路是硬走出来的，两边的洋草很茂盛，个别路段两边的洋草都快挨在一起了，从路上走过的时候，裤腿碰着草叶，一荡一荡的。由于回家心切，同学们都是连跑带颠地走，很少顾及脚下，这就给个别人可乘之机。调皮的男生有时快跑一段，然后选择这样的路段将两边的草头打个结系在一起，弄一个绊马索，就开始窃笑着慢腾腾地前行，期待着听到那扑通一声，再回头哈哈大笑。事情如他们所料，有几个女同学先后中招。后来女同学学乖了，打头的人手里拎着一根棍子，时不时地撩一下前面的草，如果碰到绊马索，就可以放心地迈过去。秘密被发现了，山间的小路上就会出现一条追追打打的身影，清脆的笑声回荡在黄昏的山谷。

清贫的日子，寡淡的生活，在我们的味蕾上留下一缕缕纯真的记忆，永远在岁月的唇齿间留芳，从此人生不再迷途，随时寻找回归的方向。

豆腐情结

在队部的后面，就是大队的豆腐房，而豆腐倌就是被批斗的地主老钟头。他每天早晨负责做两板豆腐，供村民食用。因为供应少，不是每家每户都能有份。

当时大队分给每家每户的黄豆很少，主要是靠开小片荒和拣秋收。

开小片荒儿就是找一个比较隐蔽的地方，先把小树和杂草清除，然后用镐头一点点把地翻过来，再打上垄，主要种植黄豆、玉米，地头种植角瓜和面瓜。玉米是主粮，生产队分的根本不够吃。黄豆可以换点豆腐，也算是改善生活了。角瓜和面瓜可以在炖豆角的时候烀上几块，成为粮食的替代品。也可以晒成瓜干，在冬天的时候蒸着吃。有一段时间，开小片荒儿是违法的事情，会当作资本主义尾巴给割了，好好的苗，说拔就拔，说铲就铲，让人心里直流泪。我记事以后，政策比较宽松，为了填饱肚子，各家各户都开有小片荒儿，生产队也睁一只眼闭一只眼。劳力多的人家明显有优势，小片荒儿一般都比较多，劳力少的只有羡慕、嫉妒和恨。

“拣秋收”就是秋收的时候，生产队把收获的庄稼运到场院，晾晒和打场。这个时候，生产队允许社员和孩子拣秋，使庄稼颗粒归仓，当然果实属于个人。大人们会在收工的时候，以最快的速度在拉完庄稼的田地里转上一圈，捡几束豆荚回家。我们这些孩子也会在放学以后，提上筐去拣秋。拣秋最过瘾的就是拦土豆。一把耙子上下翻飞，遗落在田间的土豆被拣出来了，运气好的话，拦一麻袋也没问题。现在想一想，地里遗落的土豆那么多，应该是大人们在干活的时候有意而为之吧。

回忆是人到中年以后的专利，故乡和童年往往是不用预约的话题。而每一次扑面而来的思绪总是杏花、村庄和童年的趣事，当然还有心酸的往事。人吃五谷杂粮才能健康成长，乡愁有五味杂陈更能铺展无眠。

豆腐是一种以黄豆为主要原料的食物，相传是我国炼丹家、淮南王刘安发明的绿色健康食品，时至今日，已经有 2100 多年的历史，深受我国人民喜爱，南、北方均有豆腐产业。现在豆腐已品种齐全，花样繁多，俱有风味独特，制作工艺简单、食用方便的特点。有高蛋白，低脂肪，降血压，降血脂，降胆固醇的功效。是生熟皆可，老幼皆宜，养性摄生、益寿延年的美食佳品。

现在想一想，当年的豆腐就是人间美味，家家户户餐桌上一道能拿得出手的菜肴。一块热气腾腾的大豆腐，拍上两瓣蒜，倒上一点酱油，切上一点葱花，再滴上几滴豆油，一股清香沁人肺腑。叨上一块放在嘴里，保你口舌生津。再复杂一点，炒豆腐、烧豆腐泡、煎豆腐干、豆腐丸子，可以花样翻新，丰富每家每户的餐桌。

豆腐即是主打菜，当然需求量就大，但当时是无论如何也不能保证供应。一是家家户户分的黄豆少，二是豆腐房只有老钟头这个豆腐倌，起个大早也就做两板豆腐，还不能保证供应，只好按照先来后到的顺序给豆腐。为了能换到豆腐，在头天下午或者第二天起大早，村民会把黄豆送到豆腐房。那里有一个案板，村民们按照顺序把盛豆的盆放在条案上，老钟头也会按照这个顺序把一块豆腐放在盆里，因为每家的黄豆都是一样多，加工费也折合成黄豆。

做豆腐既是技术活儿，也是力气活儿，起早贪黑很是辛苦。依稀记得豆腐房的门，一年四季都敞开着，蒸汽从门里向外涌，飘散在空中。夏天的时候能够开门窗，豆腐房的水蒸气少一些，还比较敞亮。冬天的时候，一团团水蒸气在门上堵着，裹着寒气走进豆腐房，好半天才能看清方位。老钟头穿着一双水靴，胸前挂着一个皮质的围裙，在房内忙来忙去。我现在还记得取豆腐的过程。他先是将豆腐包四面摊开，然后左手持木板，右手持尖刀，顺 5 刀横 6 刀，30 块豆腐出现在人们视野。再将下面的挡板卸下，开始分发豆腐。左手掌在凉水中蘸一下，右手持铁铲取一块豆腐，右手掌托衬着轻轻放在面前的盆里，目送每个人心满意足地回家。

关于怎样制作豆腐，这些年并没有了解，写作这篇文章的时候，我和作家朱长慧谈起此事，他给我简单介绍豆腐的制作方法。朱长慧是一个知青文学作家，在集体户的时候做过豆腐，还走村串户卖过豆腐。据他介绍说，本地豆腐的原料是黄豆，先把黄豆洗净，放入水中浸泡适当时间，再加一定比例的水磨成生豆浆。接着用特制的布袋将磨出的浆液装好，收好袋口，用力挤压，将豆浆榨出布袋。一般榨浆可以榨两次，在榨完第一次后将袋口打开，放入清水，收好袋口后再榨一次。生豆浆榨好后，放入锅内煮沸，边煮边要撇去面上浮着的泡沫。煮的温度保持在九十至一百一十摄氏度之间，并且需要注意煮的时间。煮好的豆浆需要进行点卤水凝固，在豆腐花凝结约 30 分钟内，用勺子轻轻舀进已铺好包布的木托盆或其他容器里。盛满后，用包布将豆腐花包起，盖上木板，压 10 至 20 分钟，即成大豆腐。

年节的时候，豆腐房还要加做两板干豆腐。干豆腐是经过压榨脱水而制成，优质的干豆腐，呈白色或嫩黄色，有光泽感，色泽均匀，组织结构紧密细腻，有韧性，不黏手，无杂质，并且具有清香气味，口感纯粹，散发出纯正的豆香味。

敦化市是全国粮食主产区，由于属高寒山区，昼夜温差大，出产的大豆蛋白质丰富，黄豆质量好，制作的大豆腐和干豆腐全国有名。很多人到北京、上海、深圳等大城市做豆腐，原料就是家乡的黄豆，制作工艺一致，但味道却远不是家乡豆腐的味道，究其原因是家乡水质好。敦化的干豆腐的特点是干、薄、透。当地流传这样一个笑话：敦化的一位副市长与黑龙江某市的副市长在一起吃饭，说到家乡的干豆腐好，黑龙江的副市长骄傲地说："我们的干豆腐薄，隔着豆腐能看报。"家乡的副市长也不甘示弱，马上诙谐地说："我们的豆腐薄，张张能做避孕套。"无论孰优孰劣，两位市长的拳拳之心可见一斑。现在，敦化干豆腐早已声名远播，随着物流业的发展，醇香的干豆腐已进入各大城市的餐桌。

有一天早晨，家里恰好又来了客人，妈妈想换块豆腐添个菜，让我去豆腐房碰碰运气。我和二弟称好豆子，一路小跑奔向豆腐房。结果还是去得太晚，前面长长的队伍，预示着我们的运气不会太好。果不其然，轮到我们，一块豆腐也没有了，我和弟弟只好哭哭唧唧地回家复命。现在我已经忘记那天早餐没有豆腐是否给爸爸、妈妈带来窘态。这些年来，我一直问自己，当时为什么不能多做一板豆腐呢？！其实我心里明白，那时候就是穷啊。但一想到这件事情，我还是会耿耿于怀、心有芥蒂啊。

近读北京作家凸凹的《故乡永在》，他动情地说："对故乡的思念与回忆，并不是为了怀旧，而是不忘来路，更好地迎新。"

生产队的豆腐不是一成不变的，会因季节和节日的变化而数量增加。在夏锄的时候，学校放农忙假，我们要支持农业生产，到田间铲地。为了犒劳我们这些孩子，生产队杀头猪，每天让豆腐房多做两板豆腐，和猪肉粉条炖在一起，送到田间地头，让我们开开荤。再有就是一进腊月门，豆腐保证供应，再穷也得过年啊。每户一板豆腐，用水筲挑到家，女主人将豆腐托在掌中，先是横切两刀，再从另一面顺切两刀，一块豆腐分成九小块，摆放在秸秆编织的盖帘上。盖帘上摆满豆腐，在寒冬的柴垛上冷冻，待冻成冰坨后，在仓房的储物缸里放好，等待食用。吃的时候，需要用凉水先解冻，然后与干豆角、腌制的雪里蕻、冻白菜、酸菜等配菜炖在一起。有猪肉可放少许肉片，没有肉就放一勺猪板油焙制的“荤油”。春节的餐桌上，也是一道大菜。由于豆腐被冰冻以后，纤维组织比较松散，留下很多小孔。在炖菜的时候，这些小孔间储存各种香味，入口味道丰富。

2019 年 11 月 18 日，读高维生老师的《豆腐香味》，他描写与三舅取豆腐的情节，与我记忆中的场景高度重叠。屋里的人如同穿行在云雾中，哗哗的淌水声，铁盆的撞击声，靴子踩水的清脆声，人的说话声，各种声音交织在一起。敞开的大门排不出多少热气，站在门口，灌进的冷风吹在身上。三舅把豆腐票和钱给了豆腐房的人，一块块数着放进筲中的豆腐。

现在，随着食材的不断丰富，冷冻条件的进一步改善，在东北一年四季都可以吃上冻豆腐的菜肴。家常炖冻豆腐、海鲜冻豆腐、红烧冻豆腐、香菇烧冻豆腐、青椒蘑菇冻豆腐、香煎冻豆腐、土豆烧冻豆腐、娃娃菜炖冻豆腐、海带炖冻豆腐等，吊足食客的胃口。但东北人最喜欢吃的还是白菜冻豆腐炖粉条和白菜冻豆腐炖五花肉，热气腾腾的菜碗端上桌，喝上一口白酒，吃上一口菜，那叫一个惬意。

一块豆腐让我一直心酸到今天，在以后的日子里，只要提起这件事情，相信我还是难以释怀。不是我过不去这个坎儿，而是苦难和清贫更让人刻骨铭心，只有记住苦的滋味，生活才会越来越甜。

酸酸的年酒

提起小村的春节，我的脑海中立刻弥漫了一些记忆片段，每日撕一次的日历、门楣的春联、洒水的小院、热气腾腾的厨房、贴着年画的墙壁、灯杆挑起的红灯笼、棉布的新衣、清脆的鞭炮和除夕夜的团圆席。这些片段，经心情的连缀散发着久违的温馨。突然，我想起了酸酸的年酒，温馨中有一缕隐隐的刺痛，泛上心头。

20 世纪六七十年代，人们的一切消费都和票紧密联系在一起，凭票供应是计划经济的典型范例。尤其是春节，供应票便吊起了人们的欲望和满足的心理。粮票、布票、油票、肉票、鱼票、蛋票、禽票、糖票、豆油票、酒票、烟票、糖果票等不一而足，只要是需要购买的，就凭票供应。至于什么时候取消的票证，我记得不清楚。一日，作家田玉光在朋友圈里晒了一张报纸截图，题目《春节定量供应主副食品二十种》，并且用红字标注“保存好这份资料会增值的”。文字详细记载如下：

一九八二年春节，我市商业部门凭本、凭票定量供应市民的主、副食有二十种：

鱼：每人一斤

供应时间 1 月 16 日至 1 月 25 日

鸡蛋：每户三斤（包括一月份一斤）

供应时间 1 月 1 日至 1 月 31 日

鸡：每户一只（二斤以上的）

供应时间 1 月 17 日至 1 月 24 日

牛肉：回民每人三斤

供应时间 1 月 1 日至 1 月 31 日

粉丝：每人二两

供应时间 1 月 1 日至 1 月 31 日

块豆腐：每人二十八块

供应时间 1 月 1 日至 2 月 20 日

大葱：每户二斤

供应时间 1 月 1 日至 1 月 31 日

白糖：每户三斤，单身一斤

卷烟：每户二十五盒（居民凭 1982 年第一号副券供恒大烟十二盒，单身供四盒；居民凭第 2 号副券供大港或战斗烟五盒、单身供二盒；居民凭 3 号副券供前门烟五盒，甲级烟三盒，单身供前门烟二盒，

甲级烟一盒）

供应时间是恒大、大港或烟斗烟 1 月 1 日至 1 月 31 日，前门、甲级烟 1 月 15 至 1 月 31 日

优质酒：每户一瓶，单身一瓶

供应时间 1 月 1 日至 1 月 31 日

食油：每人一斤，其中花生油四两、香油一两、菜籽油半斤

麻酱：每人一两

站米：每人在定量内调剂供应六斤

富强粉：每人调剂供应三斤

黄豆：每人调剂供应一斤

蚕豆：每人调剂供应一斤

江米：每人调剂供应一斤

杂豆：每人调剂供应半斤

花生：每人六两

葵花籽：每人半斤

这份资料的可信度很高，从副食品供应的品种看，真实地反映了 1982 年一个南方城市的生活现状。有人说，阅历就是财富。现在想一想，清贫的年代给予人们的苦难，无形中种下一颗幸福的种子，在人生的旅途生根发芽开花结果。当人们品尝果实的时候，忽然会发现苦难的果核静静地包裹其中，一下子刺痛自己的内心。

在我记忆中凭票供应的事情，应该是 70 年代。身处北方农村，粮

食由生产队发放，主要生活用品需要凭票供应，蔬菜可以在自留地里自产自足。主要生活用品无外乎豆油、糖、布料等，这些都要凭票到供销社购买。

记得那时全家的豆油供应是每人一斤，我家是六口人六斤油。这点豆油只能在节日或来客人的时候打打牙祭，其余时间炒菜炖菜主要靠猪油。炼猪油就是把猪板油切成小块，清洗干净，接着放入锅中，加入适量的水，小火慢煮，待油渣变小变黄漂浮在油面时，加入花椒和盐增香，然后将油渣捞出，猪油放入陶瓷罐中保存，随用随取。特别是炖豆角的时候，一定是猪油爆锅，豆角的味道更加鲜美。当时生产队分猪肉，男女老少都盯着肥肉和猪板油，指着回家炼猪油，解决豆油不够吃的问题。炼猪油的油渣，我们叫“油滋啦”，切碎以后和剁碎的酸菜拌在一起，就可以包酸菜包子，这点荤腥足够一家人大饱口福。

我记得很清楚，当时全家春节只供应三斤酒。一过小年，我和弟弟要到离家三里路的供销社，用瓶瓶罐罐把酒、酱油和醋等买回来。我依稀记得用来装酒的是三个一斤装的瓶子，我惴惴不安地看着营业员小心翼翼地把酒倒进酒瓶，为我们放进布袋里。我和弟弟一路担心地走回家，路上瓶子相撞发出的每一声响动，都使我们心惊肉跳。总算平安到家后，向爸爸和妈妈交账。爸爸看了看三个酒瓶后，取出两个分别放在篮子里，妈妈再放些自家生产的东西，我知道这是送给姥爷和大爷的。而剩下的一瓶则摆在柜盖上，是爸爸一个正月享用的。

酒的多少对于我来说无关紧要，我的心中早已有了新衣和鞭炮，这足以令我一个正月都绽放微笑。可细心的我，还是发现了除夕夜爸爸频频举起的酒杯中不见少的酒。少年的我不识愁滋味，但爸爸的表情却让我的心酸酸的，以至于我一直认为年酒是酸的。

想起来，我第一次喝酒却和给大爷送酒有关，并且我知道酒是辣的。记得有一年夏天，10 岁的我上大爷家串门，大爷家的三哥在我家小住几日，和我一起回家。爸爸给大爷拿了一小塑料桶酒，应该是 5 斤，在供销社购买的。我俩从双龙奔小营沟，路过三河到革新，有 20 多里山路。走到革新和三河之间南沟的时候，实在走不动了。我和三哥打起了酒的主意，相互商量了一下，三哥使劲扭开盖子，我捧着酒桶，让桶身倾斜起来，倒了一瓶盖白酒。我俩轮流喝完了酒，只觉得从入口一刹那，一股暖流从头涌到脚，浑身马上热了起来，走路也轻快了许多，身上的疲倦顿时跑到九霄云外。从那以后，我知道酒是好东西，但上高中以后，才学会了喝酒。

后来，生产队开办酒坊，男人们终于可以敞开喝酒，在酒桌上有一盘花生米是很有脸面的事情。双龙村大部分住户是闯关东来的，与山东老家保持着联系。一进腊月门，山东的包裹扎堆来到小村，但物品就是一袋花生，三五斤重。这些花生就是春节的下酒菜，简单地炒一炒，端上酒桌，饮酒的人慢悠悠地伸过筷子，夹一粒丢进嘴里，便细嚼慢咽起来，好久才舍得咽下。再抿口酒，酒香和花生的香味使人心满意足。接到花生的人家，也不忘赶紧回礼，邮寄二三斤木耳、蘑菇等山珍。条件好一些的，再寄上一套孩子的衣服，一次千里之外的牵挂在浓浓的情谊中完成，礼尚往来维系着家族的亲情。

参加工作以后，每到春节全家团圆，我们哥仨儿都要和爸爸饮酒谈天。酒酣耳热之际，我总是和爸爸回忆起酸酸的年酒，每到这时，爸爸的眼睛总是湿湿的，感慨万分地说，现在好了，什么都这么富足。可那时家家都差不多，心里的苦只有往肚子里头咽。

如今，想起春节，我就会想起酸酸的年酒。而正是酸酸的年酒带来的酸酸的心情，成为我心中的一碟佐料，品尝和调味生活的滋味。

难忘全家福

我家的第一张全家福只有五个人，奶奶、爸爸、妈妈、二弟和我，难能可贵的照片是彩色的。限于当时的技术条件，颜色有些失真，但在一大堆黑白照片中也格外显眼。照片中，奶奶居中而坐，蓝色带扣襻的上衣合体洁净，齐耳短发，梳理得一丝不苟。身后是爸爸和妈妈，爸爸穿一件绿色上衣，戴一顶绿色军帽，眉宇间透着英俊和帅气。妈妈穿一件蓝色上衣，领口外翻，俗称“五号头”的发型配上瓜子脸，更显得年轻。我和二弟在奶奶身前，当时我比弟弟高出半头，我身材消瘦，穿一件短袖衬衫和长裤。二弟胖乎乎的很可爱，手里拿着一个晃铃，歪着头。照片上显示的时间是1973年6月17日。按照时间推算，我5岁，二弟4岁，1974年2月，三弟才出生，妈妈当时正怀着他。

照片的背景是柳丛和草地，是村子东边的小河岸边的景色。

我清楚地记得河水是从卧虎山余脉的山间小溪汇流而成，由于地势北高南低，溪流由北向南流向南大河。小河两岸是茂密的柳树和草地，在一块浅滩上，蒲公英和各种野花竞相开放。柳树都是灌木丛生，二三米高的枝条拥挤生长，从春天的苏醒中争取能量释放，互相攀比身姿挺拔和叶子舒展，仿佛整个冬天的憋闷在阳光中都被唤醒。柳丛被青草覆盖，蒲公英等野生花朵点缀其间，张扬着葱郁和芬芳。数棵高大的柳树呈现饱满的绿色，高昂的头颅意气风发，如果恰好一阵风吹过，弯曲的枝条描绘男人的不修边幅。更多的时候，一群麻雀占据这个舞台，翅膀一振，麻雀从这根树枝飞到另一根树枝上。树枝在颤巍巍摇动，灵巧的麻雀一个俯冲，掠上另一根枝条。当你的注意力刚刚集中，麻雀又落在小河边，鸟在草丛间啄食，或者饮口清澈的河水，梳理光亮的羽毛。停留不过十几秒钟，麻雀重新飞回枝头，重复自己不安分的生活。

6 月 16 日上午，照相师傅背着海鸥相机，骑着单车来到小村。先是村子前后转上一圈，最后选好这个柳丛掩映的小河作为照相的地点，因为村路一直延伸到河边，地势比较高，小路上来往的人们容易聚合。之后，师傅背着海鸥相机挨家拜访，劝说大家照全家福，每张照片 1 元钱。当时照相对于大多数人来说是新鲜事物，村民们都跃跃欲试，一脸的喜气。但也有的家庭由于经济拮据，一时犹豫不决。师傅也知道农村人的苦衷，于是就采用最原始的以物易物的办法，照一张照片给师傅 4 个鸡蛋，我家的两张照片就花费了 8 个鸡蛋。村里人的照相热情被调动起来，家家户户都盘算着照几张照片。

按照约定，第二天早晨，人们穿戴整齐，打扮得干净利落，扶老携幼开始涌向村东的小河边。只不过有的人家手里拎着一个筐，里面装着新鲜的鸡蛋。听着师傅的吩咐，每个家庭轮流照相。一家照相，全村人逗趣，有点节日气氛。

轮到我家照相的时候，二弟不知道怎么就要开脾气，师傅拿出晃铃给他，他才勉强配合照张全家福，但使劲地歪着头，表达着自己的不满。和我照的那张照片，他的情绪好多了，露出了调皮的微笑。照片中，我的个子比二弟足足高半个头，面庞很清秀，有点瓜子脸儿，头发被剪得很不规则，右边长及眉头，左边却很短，鬓角处可以看到刚刚剪过的样子。二弟比我好很多，圆圆胖胖的脸，剪一头短发，样子很乖巧、陶醉。二弟的衣服是白色带围裙的短裤，里面是黑白相间的短袖线衣，相信这是衣服本来的颜色。而我的衣服和短裤肯定是上色以后的颜色，圆领的半袖线衣，紫红色与白色相间的条纹。绿色的短裤上面布满白色的圆点，色彩倒也协调。我们的脚上都穿着凉鞋，这是我没有想到的。

一张照片能够定格岁月的瞬间，给未来的日子留下一幅可以把握的空间，思绪穿越时空，心里泛起此时连接彼时的情感涟漪，美好和甜蜜翩然而至，珍惜与憧憬油然而生。

2014 年冬天回村的时候，我特意从西到东走了一遍小村。走到东边小河的位置时，我还是认出了原来的河床的模样，只不过现在的村路已经从河床上延伸过去，两边盖起了房子，我只能靠回忆和想象来捕捉当年的芳草萋萋和柳树繁茂，感叹时光荏苒，岁月如歌。

2015 年 12 月 23 日，三弟通过微信发来两张照片，一张是我和二弟的彩色合影，我曾经见过这张照片，并且印象深刻。另一张是三弟和二弟的黑白合影，在我记忆中没有见过这张照片，三弟说是在大爷家发现的。从服装上看，应该是冬季拍摄的，两个人都穿着棉衣，二弟应该是七八岁的样子，三弟应该是三四岁的模样，两个人笑得很甜，看来对合影很开心。那个时候，孩子们几年才能照一回相，主要是要赶上照相师傅下乡的机会。如果有机会进城，能够照上一张相，应该是一件很奢侈的事情。拍摄的照片在很长时间里，都会被左邻右舍在串门的时候欣赏。

记忆中，我第二次照相是在小学毕业的时候，时间应该是 1979 年 5 月 4 日。当时离家 12 里有一所福胜中学，贤儒南片十几个村屯和一个国有林场的小学毕业生在这里读中学。那天，生产队用马车把校长、老师和我们一个班的同学送到福胜中学。十几个村屯的小学毕业生都聚集在校园，按照顺序拍摄毕业照，一张是集体合影，一张是个人标准照。我一直保留这两张照片，合影给我的印象是清贫，因为我的裤子在膝盖处是一个大补丁。我的标准照就是一个胸系红领巾、稚气未脱的少年。儿子刘畅刚刚说话的时候，爱人给他看过，并且问他这是谁？刘畅指着照片奶声奶气地说：“小哥哥”，逗得我和爱人哈哈大笑。不过，孩子的话后来派上了用场。1992 年，《天池》杂志在封三给我做一期诗人档案，我选用了 5 张照片，其中就有这张小学毕业照片。记得我当时配发的说明就是："儿子管这个人叫小哥哥"。时任主编刘德昌非常满意，一个劲地夸赞说："这句话就是诗"。

时至今日，我遗憾的是我们哥仨在小的时候没有合影，最早的一次合影还是奶奶过 66 岁生日的时候，又照了一张全家福。照片上有大爷全家、我们全家和奶奶的侄女和孩子。每当看到这张照片，思绪都会沿着泛黄的记忆走进灵魂深处，拥抱幸福和温暖。

捡烧柴

开门七件事，柴米油盐酱醋茶，柴排在第一位，可见烧柴在居家生活的重要性。捡烧柴是体力活，小的时候每年都干这个活，没少吃苦。

在农村，看一个人家是否会过日子，主要是看烧柴垛。如果柴垛如山，码放整齐，客人就会为主人竖大拇指。如果柴垛较小，码放得不整齐，客人多半会摇摇头。一般情况下，家家户户都会在冬天备下一个大柴垛，为新的一年带来袅袅炊烟。上山弄烧柴的时候，一般都是生产队出马车，农户家出劳力。左邻右舍会事先商量一下，给各家各户排排时间，然后就集体行动。谁家半大小子多，干活就快一些，也可以多装一些。我家到弄烧柴的时候，大爷家的哥哥们就会闻讯赶来帮忙。不但要帮忙运回来，还要帮忙锯完、劈完，一住至少一个星期。

上山拉烧柴的时候，车老板把车停在山脚下，同去的人就四处散开，从雪壳里往外拽烧柴，深一脚浅一脚地拽到道边。大人们带着斧锯，把枝丫弄掉，一棵小原木搭上肩，就麻利扛下山。我们这些半大小子就挑能拽动的往下弄，一次就一根，多了也拽不动。一会的工夫，汗水湿透身子，从衣领处往上冒热气。差不多一车的烧柴，大人们就开始装车，我们给打下手。装好车，绑好绳子，夜幕已经降临，在车老板的吆喝声中，马车载着我们疲惫的身体回家。

回到家，赶紧卸车，款待车老板吃饭。大人们酒足饭饱之后，我们半大小子胡乱吃点汤饭，早早进入梦乡。

烧柴运到家，不能完事大吉，要抓紧锯烧柴、劈烧柴和码烧柴，当然这些都是我们半大小子的活。大爷家的四个兄弟会走上二十多里山路，在家里住上一段时间，帮助收拾烧柴。一般情况下，德文和德深交替往锯架子上装原木，我和二弟还有德智、德常分成二组，负责锯木头。杨木是软杂木，锯口深、木屑颗粒大，锯起来相对轻松。柞木是硬杂木，锯口浅、木屑颗粒小，锯上一段不易。劈烧柴选择早晨，经过一夜的上冻，木段受到斧头的重击，会应声开裂，反复数次就可以劈成小柈子。码烧柴要顺山墙和院落杖子，码放起来容易形成平面。两侧要码垛头，基础要平整，横一层竖一层，与中间的烧柴同时向上，形成一堵烧柴墙。

在双龙村，每年都捡烧柴，在记忆中有两次经历印象深刻，虽然辛苦，但乐在其中。

一次是中秋节。每当中秋月圆的时候，望着那一轮明月，我都会想起中秋月夜拉烧柴。

那天，我跟二弟说，南山脚下新修一条土路，砍伐一大片白桦林，树木就散落在路基下，我们去弄点烧柴。二弟爽快地同意我的想法，我们拉着平板车，带上斧子、小锯还有绳子，跟奶奶打个招呼就直奔目的地。

到达现场，我们将车在路边放好，就到路基下开始忙活起来。那些桦树足有五六米长，横七竖八地堆放在一起。我们要先选择好相中的桦树，两个人前后分立站好，双手搂住树干，使劲拽到前面平坦处，用斧头砍掉枝丫和树头，剩下桦树杆子就是最好的烧柴。碰见粗大的树枝，手锯刚好派上用场。整整忙活大半天，总算清理足够一车的树杆。坐在桦树杆子堆上，只能休息一会儿解解乏，开始准备装车。相对清理树木，装车更消耗体力。路基有 3 米多高，坡度很陡，一个人负重上下很难做到。我们想到一个好办法。二弟比较魁梧，力气大，他在路基上负责拽桦树杆子。我比较瘦弱，在路基下将桦树杆子放在斜坡上，然后向上递送。在我们的努力下，夕阳归去的时候，手推车装满烧柴，望着眼前的劳动成果，满身的疲惫化作掩饰不住的兴奋和骄傲。来不及庆功，二弟驾车，我在旁边帮忙，我们抓紧回家。

秋天的天黑得早，四五里的山路没走多远，天就暗下来。月亮从东山升起，高高地挂在夜空中，月光柔和，清辉洒向田野，我们的平板车在诗意中吱吱扭扭地前行。行进中，一条小沟横在路上，车到这里，一下就卡住了，任凭我们怎么使劲，就是出不来。我和二弟松开车子，倚着车把大口喘着气。正当我们不知所措的时候，爸爸从远处一溜小跑奔过来，从二弟手中将车子接过去，把拉绳挎在右肩上，我和二弟一边一个，使劲推着车轮上面的挡板，平板车刷地就冲出低洼地带，轻快地跑起来。原来爸爸收工以后，发现我和二弟没在家，奶奶告诉他我们去哪儿了，爸爸赶紧来接我们。

多少年过去了，那晚的月亮一直在我的心空皎洁，成为我无法忘怀的记忆。

另外一次是一个春天。大约是 5 月末，水稻插秧的时候，我和二弟上村西的稻田给爸爸送饭。爸爸是村里的水田管理员，管护十几垧稻田。路过几个育秧田的时候，我们发现田里遗弃一些一头带尖的柞木段子，原来是扣塑料大棚的时候，用来固定草绳。现在大棚已拆除，这些木头段子也没有用武之地，被随意遗弃在稻田。我们像发现新大陆一样，这是多好的烧柴啊。给爸爸送完饭以后，我和二弟回到这里，把散落的柞木段子收集起来，用草绳子捆好，堆放在池埂上。二弟回家推来平板车，我们把捆好的木段装上车，兴高采烈地拉回家。

现在想一想，那时我们还很小，但眼睛里有活，会为生活算计，不仅是为了博得父母的夸奖，更多的还是那句老话：穷人的孩子早当家啊。

烧柴不仅可以展示庄户人家的勤劳程度，可以烧饭取暖，还可以抵顶债务。

1979 年 9 月，我考入福胜中学读书。学校离家 12 里，刚开始的时候，我不想住校读书，就骑着大金鹿自行车上学。但由于我个子矮，够不着车座，只能掏裆骑车，十分辛苦。邻近冬天的时候，爸爸、妈妈责令我住校。当时学校的宿舍收取暖费，一个学期要 12 元钱。可就是 12 元钱，也让爸爸妈妈犯难。最后爸爸到学校和校长商量，校长同意用一拖拉机烧柴抵顶取暖费。爸爸兴高采烈地回村，喊上七八个亲戚朋友，在山上捡一拖拉机烧柴送到学校，我也得以顺利住校。

其实，一些学生和我的情况差不多，基本上也都采取这个办法。说一千道一万，老百姓一年到头见不到几个钱啊。当时福胜中学的学生由林场工人子弟和农民子弟组成，两类学生生活水平差距很大。林场工人子弟由于父母每月能够取得固定收入，生活水平相对好一些。农民子弟的境况相差很大，主要靠工分收入，但必须年末才能兑现。平时的零花钱要靠卖点应季农副产品收入，春天卖点蕨菜，秋天卖些五味子，偶尔卖点鸡蛋应急，总之来钱道少，挣钱不容易，攒钱更困难。

陈国祥来自兴农村，哥七个随父母闯关东落脚此地。他年龄最小，村里人都喊他老七。他家的日子过得艰难，在福胜上学的时候，国祥的作业本是自己装订的。粗糙泛黄的包装纸，连续对折裁成标准作业本大小，用锥子扎四个眼，纸绳从中穿过系牢，勉强可以写作业，在一摞子作业本中比较显眼。时间一久，同学们看见他始终穿一条绿布裤子，一年四季不离身。后来发现，他要洗裤子，先向同村李月利同学借裤子，自己的裤子洗好晾干后再还给月利。月利的父母是村小学老师，工资不高，但到月就开，在农民眼里是上等人，自然生活水平比农民高。在月利的帮助下，国祥避免裸洗的尴尬。晚上，住宿生在寝室唠家常消磨时光，从国祥断断续续的叙述中，才了解到他的家庭实在困难。春天吃野菜，采回来洗净蘸酱。夏天吃园子的青菜，拔上几棵蔬菜，或用盐撸一下，或简单烹饪，总可以下饭。秋天储存的萝卜白菜和土豆，每天盐水煮一煮，勉强入口充饥。最难挨的季节是冬天，每天盐水煮黄豆当菜，喝大馇子粥。相对于家里的饭菜，学校的伙食在他看来已经很满足。

在福胜中学住校的日子里，我们的住宿生活清贫单调。早餐是玉米面发糕和白菜汤，午餐和晚餐都是一碗大馇子配一碟小咸菜。小咸菜制作简单，芹菜拍上几刀切成寸段，大头菜切粗丝，胡萝卜切丝，大葱切寸断，这些原料放在铁盆里撒上盐粒搓至出水，就可以食用。各种食材的清香味道与盐分混合在一起，倒也爽口有滋味，配上大馇子的米香，同学们吃得很开心。

其实，家家都有一本难念的经。列夫·托尔斯泰说过，幸福的家庭都是相似的，不幸的家庭各有各的不同。在改革开放之前，大多数国人生活都高度相似，贫穷像缠树的青藤，紧紧地箍在身上，生活的叶子密不透风，令人喘不过气来。每一个家庭像被青藤缠绕的树，努力想挣脱贫穷的羁绊，但每一次尝试都以失败告终。有的家庭不堪重负，弯下了腰，低下了头，生活没有方向。有的家庭苦苦挣扎，努力挺拔自己，从贫穷的枝叶间寻找阳光。

我在福胜中学只读了一个学期，由于父母考虑到我和弟弟求学不易，就举家搬迁到乡政府所在地牡丹村，就读于贤儒中学，此后没有旧地重游。

2019 年 11 月 3 日晚上，我和当时的住宿同学陈国祥、何永生在小酒馆喝酒，回忆旧事又想到住宿的时光，话题自然谈到宿舍的伙食，我们才发现一个学期没有吃到一顿馒头和大米饭，只是发糕和大馇子粥，心里不免很是失落。但我们都想再尝尝那个小咸菜的味道，吩咐厨房按照我们要求的食材和制作方法进行加工。当咸菜端上桌子，我们略显兴奋地品尝，竟怎么也吃不出当年的味道。

回到家中，我随手翻开英国作家毛姆著名的文论《三个日记体作家》，其核心要论就是：有什么样的童年，就有什么样的作家，作家的作品本质上是他的自叙传，是由他的成长经历衍发的情感、观察、思考。看到这里，我又想起在福胜中学的一件旧事，与柴无关，但与住宿有联系。福胜中学离福胜供销社一路之隔，学校在东侧，供销社在西侧。记得冬日的一天，供销社新进一批咸黄花鱼，每斤售价 2 角 5 分。家庭宽裕的同学们晚饭后去供销社买二三斤，放在宿舍的炉子上烤，时间不长，满屋子飘满咸鱼香味，我们借光吃上一段咸鱼，感觉就是人间美味。我想到奶奶、爸爸、妈妈和两个弟弟没有吃到这种鱼，购买的欲望一下子攫取心头。周五回家的时候，攥着仅有的一元钱，我买了 4 斤咸鱼，如获至宝地放在书包里，兴冲冲地回家。一路上，脚步轻快，心情舒畅，12 里山路没觉得有那么长。晚上，鱼香在饭桌上飘散，欢乐在品尝中生发。我觉得做了一件很有意义的事情，虽然花的算是父母的钱，但孝心是我真情的萌芽。

那些记忆的柴啊，在我朴实真诚的胸膛里一直燃烧，炽热的火光温暖我的生活。

养猪不易

春节是小山村最为隆重的节日，再穷的人家过年也讲究有滋有味。进入腊月以后，年味渐渐浓起来。特别是小年以后，大部分人家都要杀猪，为过年包饺子、做菜准备肉料，民间谓之“杀年猪”。东北童谣中说：“小孩小孩你别哭，进入腊月就杀猪”“小孩小孩你别馋，过了腊月就是年”，虽然是哄孩子的话，但也表达期盼杀年猪的心情。

“杀年猪”在东北农家是节日。通常选择在早晨，由擅长杀猪的人“掌刀”，邻居的壮劳力捆绑和压杠。前后两个蹄子分别捆好，猪嘴系上嚼子，前蹄和后蹄各一副木杠，四个人将猪抬到屠宰用的铁架子上。助手先用温水洗洗猪脖子，免得脏了猪血。“掌刀”一刀子下去，几声长嘶划破小村的宁静，小村的人们都知道又有人家杀年猪了。流出的猪血先用铁盆接，后放置一旁，助手拿玉米秸秆顺时针搅动，防止猪血凝固。被屠宰的猪完全断气以后，“掌刀”在后蹄割一个口子，再用铁质通条在猪的皮里肉外捅上一遍，然后由割口吹气，待猪身膨胀起来，用细麻绳将割口的上方系牢，防止泄气。接下来，就是给猪煺毛。开水将猪毛淋湿，铁质刮板由外向里在猪身刮动，猪毛纷纷掉落，白色的猪身经反复冲洗，成为名副其实的“白条猪”。最后的环节是分拆猪肉。掌刀的师傅把猪的肉和头、蹄、下水、血、骨头等收拾得井井有条。好的掌刀师傅能多出5斤肉，这在屠户算是偏得。当然，按照约定俗成的惯例，一部分头、蹄、下水会作为酬资给“掌刀”师傅。师傅不会客套，收得安心。

记忆中小村的每家每户都养猪，杀年猪的时候，要交给供销社一半，剩下的一半才能留下吃。留下的这一半，也要切下几方肉，和切好的酸菜、灌好的血肠一起放在锅里炖上一段时间。待香气四溢的时候，已经将近晌午。主人会把帮忙的村民和要请的客人让进屋，盘腿坐在炕上，桌子上摆满新切的肉片、血肠和猪肝，还有烩好的酸菜，就着小烧酒，开始有滋有味地品尝，谈论着一年的收成和村里的大事小情。这个时候，女主人会拿出数个大海碗，盛上冒尖的酸菜，在上面再盖上一层新切的肥肉片，放上几片血肠，打发孩子给长辈、亲戚、左邻右舍还有帮助过自己的人家送过去。一碗杀猪菜，在年关时节传递着浓浓的情意，至今仍温暖着很多人的心田。

在那个人都吃不饱的年代，养猪就要靠猪食菜。我的记忆中，能够做猪食菜的野菜主要有兰花菜、苍耳、灰菜、西甜谷、曲麻菜、蒿子、婆婆丁、车前草、洋铁叶、马蛇菜等。这些野菜在鲜嫩的时候，采回来扔到猪圈里，猪就很欢实地吃起来。苍耳、灰菜、西甜谷、曲麻菜、蒿子等，在秋天的时候，采回来要先切碎，在大锅里烀熟了，可以直接喂猪，也可以掺点麦麸子、稻糠或者玉米皮子，给猪增加营养餐。这些烀熟的猪食菜倒进猪食槽里，猪们先是占据有利地形，馋嘴伸进猪食里，抢先吞咽数口，感觉清汤寡水，就伸长脖子看着主人，嘴里哼哼着，仿佛乞求一般。见主人没有反应，知道餐食如此，再吃的时候就不那么用力，比刚才斯文许多，混个饱腹了事。

我们这些半大孩子，主要任务就是采猪食菜。放学以后，我们都要背上背筐，三五成群地到野外采野菜。春天的时候，主要采摘曲麻菜、婆婆丁、洋铁叶和马蛇菜，天气很暖和，绿树鲜花，干起活来也不觉得累。夏天和秋天的时候，要钻玉米地和黄豆地采兰花菜、苍耳、灰菜和西甜谷等，地里又闷又热，不大一会工夫，汗水就湿透了衣衫。一不留神，玉米叶子把我们的胳膊和小脸划个口子，汗水滴上去，火燎燎地疼。如果运气好，野菜采得多，还要捆成一捆，放在背筐之上。数十斤的背筐，从田间地头出来，一般不能歇气，要一口气背到家。中途需要休息，肯定要结伴，互相照应背筐上肩落地，独自很难完成。

父母下田铲地，要随身携带背筐，先放在地头，中间休息的时候，将野菜快速归拢成堆，送到地头的背筐里。一般情况下，铲一天地收获一背筐猪食菜，不成问题。即使分量不足，收工的时候在沿途扯上几把，也能做到满载而归。回到家中，在猪圈站上一小会儿，拿几把野菜喂猪，听着猪欢喜的叫声，看着渐渐长大的猪，心里感觉生活有奔头。不要小看一头猪，不仅丰富春节的餐桌，还可以卖一些猪肉换钱，实现生活中的一些美好愿望。

父母对养猪很上心，苦累从来没有放在心上。但日子过得清贫，养猪更辛苦，甚至有的时候很窘迫。

冬天的时候，大地被白雪覆盖，没有地方采野菜，而猪要吃的呀。我记得有一年家里储存的猪食料都吃光了，猪也过上了吃上顿没下顿的日子。妈妈突发奇想，领着我和弟弟上山采集枯干的榛柴叶子。叶子枯干地立在树枝上，我们站在没小腿的雪里，先将袋子放在树下，然后小心翼翼地倒撸树叶。树叶很干很脆，稍微一使劲就碎。好在都落在袋子里，倒也没白忙活。回到家里，把采集的树叶放在大锅里烀，然后再喂猪。猪也不愿意吃，在槽子里拱来拱去，就是不吞咽，实在没办法了，就抓紧吞几口，然后又开始胡噜胡噜地拱起来。

不过，一进腊月门，再怎么艰苦，也要给年猪改善一下伙食，猪食里多加糠和豆饼，让年猪大快朵颐，尽快增肥，杀年猪的时候多出几斤肉。增肥很有效果，不出一个星期，年猪灰呛呛的猪毛开始光滑顺溜，干瘪的肚子变得浑圆。那个时候没有瘦肉型年猪一说，年猪是越肥越好，能够多出油，烤点荤油好在夏天炖豆角。不像现在，尽挑肉膘窄的买，太肥了吃不下去。

回想起来，那时的猪肉是纯绿色食品，食材都是没有污染的山野菜，哪像现在到处都是食品添加剂。现在，为了迎合顾客的消费口味，追求绿色生态猪，饲养户开始饲养森林猪。将家养的母猪放进大山深处的山沟里，使其与野生公猪杂交，生下的猪美其名曰“森林猪”。这些猪不喂饲料，生长周期长，生长环境优美，空气清新，号称“喝矿泉水、吃中草药”长大的森林猪。

东北有一道名菜，杀猪菜。现在很多餐馆会做，但客人品尝过后，都说找不到当年的味道。人们往往对岁月深处的味道记忆犹新，并且一直念念不忘，经常在现实环境下寻找舌尖上的快感，但总是希望越大失望越大。我想绿色的食材是主要原因，更重要的是没有当时生活的艰苦和对美好生活的期待吧。

养兔子记住古诗词

读中学的时候，学习古诗词，记忆犹新的是白居易的《忆江南》：“江南好，风景旧曾谙。日出江花红胜火，春来江水绿如蓝。能不忆江南？”记得好主要是和自己养兔子的经历有关，也算一段文人雅趣吧。

在我的记忆中，养过的小动物就是兔子。

上小学的时候，在我和二弟的央求下，爸爸弄回来一公一母两只兔子，灰褐色的，最大的特点是一只耳朵直立着，一只耳朵耷拉着，走路一蹦一跳的，很是可爱。

爸爸用木板条制作一个兔舍，上面的盖子是活动的，方便抓兔子、清理兔舍和投放食料。面上是一个铝线编织的网，可以通风，也可以近距离观察兔子。只要有人走近，兔子就会将前爪搭在网上，三瓣嘴在网上嗅来嗅去。你拿起一根野草，从网格中间伸进去，它就有滋有味地啃起来。

管理兔子的任务非我和弟弟莫属，主要任务就是清理兔舍和采集食物。兔子是食草动物，春夏的时候，大地的婆婆丁、曲麻菜、水稗草等都可以吃，秋天园子里的白菜帮子、萝卜缨子也可以吃，它从来不挑食。但要注意一点，要晒一晒再喂，否则兔子吃完会拉稀。而兔子最怕拉稀，拉稀能要它的命。为了给兔子采集食物，我和二弟在中午和晚上放学的时候，会从学校后面的小路上回家。这条小路在卧虎山的半山腰，从村东到村西，推开我家后园子门就可以回家。走这条路的好处就是能够采集到捞豆秧和苕条的嫩芽，兔子很愿意吃这两种食物。秋天和冬天的时候，兔子就可以吃到打场以后的豆荚和玉米秸秆。总之，兔子好侍弄，好养。

有一天，对门陈姨的儿子从山上套了一只野兔，我们一群小孩羡慕得眼睛通红。我和二弟准备试试运气，当一回小猎手。先是用细铁丝像模像样地做一些套子，就结伴来到南山，看准了两行足印，在一簇树枝下拴上一些套子，并做好掩饰，就兴致勃勃地沿着足印追下去。听人说，套兔子必须沿着足印追，它才会原路返回来，才能被成功套住。我们深一脚浅一脚走了三四里山路，才发现有一个男人领着一只狗走在前面，男人的肩上背着一杆枪。我们心里明白，足印是猎狗留下的，根本不是兔子的足印。想到这里，我们的兴奋劲马上泄下来，也不管那些藏在林间的套子，急匆匆地往家赶，怕时间长父母惦记。野兔子弄不到，还是乖乖地养家兔吧。我和弟弟比之前更上心，一年四季换着法子喂兔子，让兔子快点长大，长得肥实一些，好在必要的时候解解馋。

印象中，我的第一件珍贵礼物与兔子有关，是一个兔子毛编织的帽子。在福胜中学读初一的那个冬天，远在鸡西市滴道区的燕姐用兔子毛给我织了一个白色的帽子，让我欢喜得不得了，也令同学们羡慕不已。可好景不长，兔毛的帽子就成了我的伤心物。一天晚上，同学们在宿舍里玩耍，董姓同学失手将我的兔毛帽子掉在灶坑里，一会儿就烧焦了。董姓同学知道闯祸了，回家管父母要了 5 元钱赔给我。一顶帽子，弄得我们两个人都心疼不已。

后来，上中学的时候，我家住在牡丹屯，我也养过兔子，最多的时候有十七八只，但一只都没吃着。在一个月黑风高的夜晚，所有的兔子都被偷走了。让我记忆犹新的是，在兔子喝水的碗里，放着五角钱和一张小纸条。上面写道：

日出江花红胜火，
不是别人正是我，
留下钱财五角整，
千万别对别人说。

作为一名中学生，我当然知道唐代白居易的《忆江南》，看来这是一伙文雅的行窃者，竟然把古诗词的功夫用到这里，我也只好干生气，担忧一群兔子的命运。同时，一个问题总是萦绕在我的心里，谁干的呢？这个问题一直困扰我三十多年。

记得 2013 年夏天，高中同学聚会。酒到酣处，每个人都开始回忆童年、少年和青年时光，交流青涩时光里的糗事。玉新大声地说：“中学的时候，有一天夜晚，我和几个同学骑车从红石到牡丹屯玩，看到一户人家养了一群兔子，就给悄悄顺走。走的时候，还留了五角钱和一首打油诗。”

我一听就乐了，俗话说小偷三年不打自招，这个小偷挺有定力，愣装在心里三十多年。我憋着笑，认真地说：“我知道你的诗歌写的什么内容。”

玉新好奇而坚定地说：“不可能。”

我把那四句刻骨铭心的诗歌当众背一遍，玉新马上明白缘由，指着我嚷道：“原来是你家的兔子，不好意思，偷到同学家了。”

我笑着说：“中学的时候，我们不是同学，高中才是同学，这也怪不了你。罚酒一杯吧，庆祝今天侦破陈年积案。”在大家的欢声笑语中，每个人都喝掉满满一杯酒。

一桩公案就这样真相大白，倒也十分有趣。从这个事情以后，由于居住条件的变化，不便于饲养小兔子，也就按下这份兴致。

2017 年春天，同事小段从农村弄来一只白色的兔子，在单位后院的墙边用铁丝网给兔子安个家。兔子浑身雪白干净，红红的眼睛清澈而又明亮。她在数尺见方的笼子里蹦跳，更多的时间趴在木格子上面休息，头抵在前爪上，身体尽量舒展。下午的阳光透过玉米叶子和杏树枝叶照进来，她的呼吸使周围变得灵动，此时她和人类都在依赖阳光分享阳光。她安静地卧在单调的空间，一副顺从命运的样子。偶尔有脚步走过，她会不安地在笼子的四周疾步蹦跳。当你伸进去青菜，她马上安静下来，蹲在食物面前细细啃食，三瓣嘴快速蠕动，迅速忘记世界的黑暗。

后院有三亩地，种植玉米、豆角、土豆、白菜、萝卜等农作物，伴生婆婆丁和曲麻菜等野菜。午饭过后，我经常到地里采一些野菜或蔬菜叶子，颇有兴致地喂喂兔子，清理一下兔子的粪便，找到当年喂养兔子的乐趣，倒也有几分惬意。看着眼前的小家伙，自然想起曾经丢失的兔子和那首歪诗，我想可能是天意，一群兔子、一首歪诗、一个诗人，在岁月的长河中偶然相遇，留下一段生活的佳话。遗憾的是我没写过有关兔子的诗句，或许与童年的伤痛有关，或许这些兔子只是生命的匆匆过客，这个遗憾只能在将来的某一个时间来弥补。

一天，我发现兔舍空荡荡，不见熟悉的身影。询问之下，林哥说兔子被小段吃肉了。我的内心涌起莫名的悲哀，又是无法改变的命运。

第二辑

生命之美

世事心结

童年是一个人最重要的人生胎记，无论走得多远、无论走得多久，在某个独处或相聚的时候，总会像一缕暗香在心田萦绕而出，引来滚烫的话题。但童年所经历的世事，有时甚至简单到一个印象或一句话语，都足以影响一生的判断或喜好。

从懂事开始，有三件事和我纠缠在一起，对我影响很大。一是当一名语文老师，二是当老大养父母，三是害怕驴子。

先说当语文老师。上学的时候，我的理想是当一名语文老师，而这一切源自于对小学宋老师的崇拜、初中和高中语文老师的潜移默化。

我的小学班主任老师姓宋，全村人都称呼他宋老师。宋老师当时三十出头，长得眉清目秀，爱穿蓝色干部服，领口敞开着，袖子向上挽着，写得一手好字，是我的语文老师。当时教学条件比较艰苦，我们的教材都要比开学日子晚到一个多月，宋老师就领我们抄课本。他先在黑板上板书，我们再誊抄到作业本上。我当时很是用功，字迹比较工整，宋老师时常夸我几句，最让我受用的话就是：“你将来是个当老师的料”。由于我当时身体很瘦弱，用四姨后来的话说：“大脑袋、小细脖、罗圈腿，没想到你还能活下来。”母亲曾心有余悸地说：“有一次，你感冒发烧了，怎么也不退热。赤脚医生在你的前心、后心、十个手指尖、十个脚趾尖都针灸了，总算救了你一命。”对于未来，我也不敢奢望，限于自己的身体状况，看到农民脸朝黄土背朝天，于是发狠地说：“干什么都行，反正不种地。”当时在农村，不想当农民，最现实的选择就是当教师或当兵。当兵对我难度太大，根本无法实现。宋老师的话点拨了我，当教师无疑可以实现我的梦想。

宋老师虽然年轻，但在村里威望很高。谁家有红白喜事，宋老师都会被东家请过来，帮助记记礼账，写写贺联或挽联，主持一下局面，东家会感觉很有面子。谁家请客的时候，特别是杀年猪的时候，宋老师是必请的座上宾之一。席间，家长会感激宋老师的辛勤付出，同时希望宋老师对自己的孩子严加管教，该打就打，该骂就骂，总之一句话，孩子就交给您了，当爹妈的不后悔。我也经历过这样的场面，感觉当个老师真好。这个念头一直深深地影响着我，从小就立志当个老师、当个语文老师。

1980 年 3 月，初中下半学期，我从福胜中学转入贤儒中学，插班读书。当时的语文老师是许金陵老师。许老师个子高，腿长，喜欢长跑。同学们最佩服他的是能在黑板上双手同时写字，这在校园成为传奇，许多同学模仿，但无一成功，成为许老师的独门绝学。对许老师的佩服，使我更坚信语文老师有魔力。双手写字学不来，我可以写诗歌。记得中秋节的时候，我创作了一首歌颂海峡两岸月圆人盼团圆的诗歌，在同学们中传颂。班主任谭老师和语文老师许老师都默许我的创作，算是对我的变相支持吧。

1982 年，我考入敦化县第六中学。我与前后两任语文老师关系密切。孙景奎老师重视课文背诵，记得学习《荷塘月色》，孙老师要求我们必须背诵课文，结果语文课正式上课前肯定要背一段课文，“曲曲折折的荷塘上面”就响彻校园。现在同学们聚会，情绪高涨的时候，背诵《荷塘月色》是王洪革的拿手戏，同学们会随声附和。李宗桃老师是女教师，湖南大庸人，乡音很重，同学们经常逃课。我是例外，毕业那个学期只有我一人坚持上课并交作文。她说：“你每个星期交一篇作文，我给你批改，哪怕只有你一个学生。”我们坚守相互的承诺，一直到高考。当年我的高考成绩是 309 分，语文 78 分，全市语文最高分是 84 分。就在这个时候，我还冒险写校园小说，投稿给《春风》杂志。文章虽然没有发表，但责任编辑比较负责任，在退稿信中说：“你的小说由于生活阅历浅白，不拟采用。但小说中夹杂的诗歌有一点味道，希望重新选择创作方向。”编辑的话给我关上一扇门，又打开一扇窗。后来，我真的开始尝试诗歌创作，并取得了一定的成就。1985 年高中毕业的时候，我的本专科所有志愿都填写师范大学中文系。之所以选择中文系，想圆当语文老师的梦，遗憾的是当年高考我落榜了，当个语文老师成为我的梦想。

1986 年 9 月，我考入吉林广播电视大学财税专业读书，基本上宣布与教师职业无缘。但语文老师教会我的知识，开始助我一臂之力。1988 年 10 月，我参加吉林省招干考试，以第一名的成绩考入敦化市税务局。当时语文考试百分制，我的成绩是 92.5 分。

1989 年 3 月，我到黄泥河税务分局工作。由于经常有诗歌在本地报刊上发表，成为一个有点名气的文化人。一天，从事个体经营的张哥找到我，真诚地说："兄弟，你大侄子语文成绩不好，特别是作文写不好。你的文章写得好，帮我辅导辅导孩子。"我没有犹豫就应下来，主要是想过把当老师的瘾。张哥的孩子来了，还带来了 4 名同学，我不好推托，一个羊也是赶，两个羊也是放，就都收下了。毕竟没真正当过语文老师，没真正教过作文，为慎重起见，我在新华书店购买两本作文写作书籍，精心准备两天课，作文补习班就在我家小北屋开始上课。我使出浑身解数，尽我所能教好孩子。功夫不负有心人，经过我两个多月的辅导，当年期末考试，5 个孩子的语文成绩就从 60 多分提高到 90 多分，张哥的孩子打了 95 分。孩子们取得的成绩，满足了我当一回老师的成就感。张哥乐不可支，扛一箱啤酒送到我家，算是谢师礼。

现在还是说一说童年对我影响深刻的第二件事情吧。

我们兄弟三个，我排行老大。从小我就认为自己将来必须赡养父母，这是老大的责任和义务，连成家都要在父母身边。而这一切，都来自童年的一些经历传递的信息。

刘林伯父家的大哥叫刘德发、二哥叫刘德坤、姐姐叫刘德华。德发大哥结婚的时候，在离父母的院子右前方几十米的地方盖了两间房子，在那里安家落户。

看着德发的新房子，只有三四岁的我，好奇地问父母："大哥的房子为什么离父母这么近啊？"父母逗我说："因为他是老大，要给你大爷大娘养老送终。"我似懂非懂地点点头，知道自己还有一个很重要的任务将来要完成。"那我将来结婚，也把房子建在你们的房子前面"。

想法很坚定，现实太残酷。一路求学下来，不离父母左右，童年的懵懂思考没有走远。但参加工作的时候，组织上考虑到黄泥河分局正在盖家属楼，加之爱人是黄泥河林业局人，将我俩分配到分局。3 月 23 日报到，10 月 15 日结婚，我很快拥有自己的小家。婚礼在贤儒镇牡丹村父母家举办，休完婚假就搬家到黄泥河。汽车启动的瞬间，我顿时泪流满面，因为童年的承诺无法成为现实。后来，因工作调动，我来到敦化。父母因单位裁撤，征求我们的意见后，把家搬到敦化。加上两个弟弟先后在敦化工作结婚，我们一大家子聚在敦化。父母先是住平房，之后受益于棚户区改造政策，有了自己的楼房。由于楼层是六楼，父母年龄越来越大，上下楼都不方便，二弟和弟妹为他们在一个小区买了一楼，解决了父母的后顾之忧。父母没和我们住在一起，我们平时去看望他们。说句心里话，我看望的次数不多，淡忘了童年的承诺。没有什么借口，就是懒。心里想如果有事，父母肯定会第一时间找我，毕竟我是长子。母亲有高血压，心脏偶有不适，但她第一时间喊三弟，理由是“你大哥胆子小，别吓着他。”弄得三弟说老妈偏心眼。看来今后要多看望父母，兑现童年的美好心愿。

我一直有一个心结：不喜欢驴。严重的程度，说出来令人发笑。在观看影视作品的时候，画面上一出现驴的影子，我会闭上眼睛，通过辨别声音，在驴的画面消失时再睁开眼睛。或者通过换个频道的方式解决恐惧感。如果剧情吸引我，估计这段有驴的画面已经结束，我再回到原频道观看。剧情不吸引我，索性换个频道。有的时候，家人问我原因，我也是顾左右而言他。今天，我要通过文字打开心结，还自己一个平实坦然的心境，驱除萦绕在心中多年的梦魇。

原本我对驴没有坏印象。小学同学云明贵家里养着一头驴，他经常给小毛驴喂草料，我和小伙伴围观。这头驴体小而长，头短而宽，耳朵较小，耳缘呈黑色，耳郭内有白色长毛，鬣毛短而直立，尾巴粗体毛长，尾巴根儿体毛短且稀疏，四肢粗短有力。嘴端体毛呈乳白色，毛色多为草黄色或淡褐色，四肢内侧及腹下呈乳白色，有褐色背线和肩纹。驴的饲料很杂，青草、干草、谷草、大豆秸、玉米秸等。云明贵喂食毛驴的时候，我们学他的样子，手里举着饲料，递到毛驴嘴边，看它咀嚼饲料。渐渐地胆量变大，在它的体毛上抓痒，听它舒服地打着响鼻。

云明贵家的这头驴十分借力，拉磨是它的专属活计。云家石磨在房子西侧的空地上，碾石被木头架子控制，伸出的杠头上连着牲口套。

将牲口套套在毛驴的身上，蒙上驴的眼睛，吆喝一声，毛驴开始拉磨。我们好奇毛驴蒙着眼睛，云家大娘说："给毛驴儿蒙眼睛，一怕毛驴转懵圈，二怕毛驴吃粮食。"

我们都羡慕云明贵家有驴，至少不用捧着磨杆推磨。推磨是个体力活，刚开始的时候，好奇、新鲜加上力气足，根本没把推磨放在眼里。一圈圈转下来，心浮气躁，汗水淋漓，速度渐渐慢下来，急忙喊着换人。石磨效率低，消耗体力，家务活中比较辛苦。乡亲们总结推磨不能闷，越推越累，要与旁边的人聊天，这样会相对轻松些。半大小子推磨不聊天，扯着嗓子唱歌，想起哪句唱哪句，用大人的话说："整个一个鬼哭狼嚎。"

其实，我对驴产生恐惧感，一切都是源自当年奶奶与三奶的对话。

当时，在我家的炕头上，妯娌俩唠起了一些陈年旧事。说到一个长辈去世的时候，三奶略显神奇地我的奶奶说："他九婶子，你说这事奇不奇？老太太走了三年以后，老头子梦见老太太骑着毛驴来看他，结果没过几天就去世了。"

我不知道这其中有什么必然联系，只是对整个事件充满恐惧感。在我幼小的心灵里，笃定地认为驴不是吉祥物，要尽量避而远之，更不能让它进入梦境，因为这样会带来亲人的离去。一直以来，对死亡的恐惧有多大，对驴的恐惧就有多大。这也给我带来无形的压力，甚至成为无法摆脱的恐惧。

我无法解释自己的心理恐惧，三奶的一句话让我背负沉重的思想包袱。我怎么解脱呢？一直想看心理医生，但没有面对追问的勇气。

2019 年 7 月，高维生老师向我推荐弗洛伊德的《达·芬奇童年的记忆》。弗洛伊德说，任何一个想起列奥纳多油画的人都会想到一个独特的、令人沉醉而又神秘的微笑，他将这一微笑魔术般地附在了他画中女性形象的嘴唇上。这个微笑停留在了那既长又弯的嘴唇上，成了作者的艺术特征，并被特别命名为“列奥纳多式”的。弗洛伊德作为心理分析学家，发现了列奥纳多的秘密，用“恋母情结”解码了“微笑”的含义。弗洛伊德宣称，《蒙娜丽莎》表现出列奥纳多对母爱的渴望。他毕生都在寻找母亲的替代品，蒙娜丽莎之所以成为伟大女性，是因为她就是人类母亲的最高形象。在弗洛伊德看来，隐藏的“恋母情结”是存在于列奥纳多身上一切疑问的最终答案。弗洛伊德通过对神经症患者的心理分析的研究，认为一个人性格里过于强大的欲望，在童年生活的早期就已经存在，童年生活的印象确立了这种欲望的主导地位。弗洛伊德进而解释说，一个令人难以理解的童年记忆以及在此基础上建立的幻想永远是一个人精神发展中最重要的因素。

读完这本书，我的内心涌出从未有过的释然，正如弗洛伊德强调的，我们不再认为，健康和疾病，正常人和神经症患者之间存在明显的差距，而神经症特征必定是一种普遍意义上的低劣的表现。神经症症状是某种压抑的替代物，我们从一个孩子成为一个有教养的人，都必然要经历这些压抑。今天把这段心路历程写出来，卸下盘桓在心中的梦魇，也是一件称得上幸福的事情。

童年对人的影响，不仅在我的身上体现，从我的孩子刘畅的叙述中更得到验证。这种验证有点痛，对我却是警醒。

刘畅在读大学的时候，作为团支部书记，曾经组织全班同学开展一次关于家庭幸福指数的问卷调查，结果是幸福指数最高的家庭是公务员家庭和教师家庭。分析其中原因，主要是这两类家庭生活比较稳定、民主氛围浓厚，孩子在这样的家庭有较强的安全感和自由表达的空间。一些家境殷实的孩子，由于父母在创业阶段与孩子聚少离多，造成孩子从小没有安全感。家庭状况不好的孩子就更不用说了，随着父母漂泊或在农村当留守儿童，幼小心灵肯定会受到伤害，从而给孩子的一生带来诸多影响。在随后的另一项调查中，调查内容是与父母在一起印象最深刻的事情，结果儿子非常失落，他怎么也回忆不出在他小的时候我们之间的温馨时刻。听到这个消息，我深陷自责之中。当时，我的工作比较繁忙，很少与儿子在一起玩耍、嬉闹、读书，俨然是一位严肃的父亲。孩子的这个创伤已经无法弥补，也成为我一直以来的遗憾。其实，最长情的告白就是陪伴，不要再以忙为借口，忽视世间最美好的情感。成长也是一柄双刃剑，既让孩子慢慢长大，也让他的背影渐行渐远。童年的陪伴是献给成长最好的礼物，也是献给亲情最美好的回忆。

世事纠结，回忆以最朴素的方式，重现昔日时光，痛苦源自执着，解脱源自成长。

夜晚的声音

那天晚上，我听到三种声音。一种是秋风的声音。我向东走，秋风纠缠着背影、席卷我途经的树林、田野、村庄以及枯黄的庄稼和野草，气势不输夜的黑。我比较纠结的是树叶的声音。柞树的枯叶在枝头沙沙作响，响声的节奏或低沉或清脆，令我心惊肉跳。路旁杨树的叶子在路面上翻滚，风疾速向前掠过，叶子像醉酒的莽汉，在我的视野之中摇晃，当风速缓下来，叶子摔在地上，在草丛间相互依偎。最令我惊魂的是野鸡的叫声。短促而持续的咕咕声，在寂静的夜中清晰可辨，穿透密实的树林撞击我的胆怯。月亮升起来了，树林和田野朦胧曼妙，月光清凉似水，在我的面前保持缄默，很长时间无法激发我的兴致。月亮越升越高，我开始用歌声向她敞开心扉，尽管歌词有些词不达意，但这是克服恐惧心理有效办法。

我选择走这条 12 里弯曲山路，源自于内心的固执。

学校组织学生参加义务劳动，修整福胜村到福民村新修的土路路面。路基已经成型，拖拉机作业效果明显。但路基上的一些树根、石头需要清理，砂石需要平整。我们的劳动不轻松。按照班级划出路段，我们用铁锹和土篮子施工运料，尽量提高工作效率。铁锹是尖锹，碰见树根可以用锹尖当刀，一次次扎向树根，直到拦腰斩断，然后七手八脚拽出来，扔在路肩之上。土篮子必须是榆树藤条编成的榆条筐，结实耐用。柳条筐和苕条筐不经重，由于使用轻便用途比较多。装上一筐土或砂石，两个同学弯腰各握一侧的筐梁，使劲拎起来，快步走向低洼处，将土或砂石倾倒，旁边的同学用铁锹摊开，清理平整。

对于刚上初一的我们，劳动量不小，好在都是农村孩子，在家经常帮忙干农活，不怕吃苦受累。中午的时候，同学们仨俩聚在一起吃从家里带来的午饭。铝制饭盒盛米饭，上面是炒菜，多是炒土豆丝、芹菜、白菜、萝卜、鸡蛋，父母不想亏待孩子。吃完午饭，找个向阳的地方，眯上一会儿，能够解乏和恢复体力。眼前是秋阳下的五花山，但我们没有欣赏的兴致，也不懂得欣赏，只是觉得美。有人说，少年不知愁滋味。现在想一想，少年不懂山色美。懵懂少年没有乡愁，只有诗和远方。

近几年来，乡愁是一个热词，很多关于乡愁的节目收视率都很高，主要是节目内容打动心弦，使很多人不由自主地想起故乡和童年。我以为，故乡和童年密不可分，如果说童年是一个月夜下行走的游子，故乡就是那时短时长的身影，无论走到哪里，总是形影不离。

下午 4 点钟，义务劳动收工。住双龙村的同学在商量回家路线的时候，我与同学们产生分歧。同学们决定从劳动现场翻过两座小山，从南沟回家。我不敢跟随他们走山林，怕在山林中迷路。我选择从劳动现场取道保安村，通过共荣村回双龙村。这里有乡间土路，说不上平坦，但至少不用担心迷路。

秋天的夜色来得匆忙，刚走过保安村夜色渐浓，6 里山路我孤独夜行。傍晚疲惫的日光映照着山路左侧的树林和右侧的田野，柞树和杨树的树皮上涂上淡淡的红光，光线柔和铺陈，给树林增添了紫色的光辉。落日继续西沉，树林上面的光线悄然归隐，树林脸色灰暗，在昏暗的边缘挣扎。阳光在西行中加速，掠过俗名“王八脖子”的一座小山，深红色逐渐消退，直至转为铅灰色。

弯曲的山路像一条充满风险的挑战，我只能硬着头皮前行。我胆子比较小，怕走夜路，尤其对坟堆怀有恐惧感。一次上东大地捡豆荚，只顾低头捡拾，没有观察周围环境。当我再一次抬头的时候，发现山脚下有座新坟，白色的花圈异常刺目。我惊悚自己的发现，紧张和恐惧袭上心头，慌乱之下，我扭头往回跑，接近村子的时候还惊魂未定，扶着一棵杨树大口喘着粗气。

今天我无法和夜色赛跑，无法摆脱夜色的困扰，我只能加快脚步企望缩短回家的路。暗暗祈祷千万不要有动物跑出来，这时即使一只野兔，也能要我半条命。越是这样想，越觉得野猪、狼、黑瞎子等随时会从树林里冲出来，瞬间开始人畜大战。树林里任何一次响动，都让我的头发竖立。拾起一块石头，握在手中，给自己壮壮胆。这个时候，野鸡不合时宜的叫声令我讨厌透顶，声音穿透树林，向我发出一连串的威胁。其实我不讨厌野鸡，甚至有点喜欢。在我家房西头的园子里，我曾见过啄食的野鸡，应该是只公野鸡，警惕地在裸露的豆棵上啄食，伴有咕咕的叫声。在白雪的映衬下，画面感十足。前天降大雪，野鸡在山上找不到食物，只好到村里冒险一试。我没有惊扰它，也没有捕获的欲望，但它还是扑棱棱飞向山坡，留下少年的惊呼。但现在我讨厌偶尔出现的咕咕声音，它正透支我的勇气和信心。野猪、黑瞎子和狼应该不会出没，因为这里离村庄较近，它们没有安全感。我边走边安慰自己，劝自己相信心理暗示。

2019 年 10 月 10 日午间，我在办公室休息。随手翻阅美国作家戴维·乔治·哈斯凯尔的《看不见的森林》，其中描写“郊狼”的片段与我当年的经历颇有几分相似。慢慢地，星星从夜幕中闪现出来。白昼的能量消退，让我觉得舒适自在。突然，心脏猛然紧缩，恐惧如同利刃一般刺中了我。郊狼撕破了宁静的空气。它们就在近旁，比以往任何时候都来得更近。它们疯狂的嗥叫声从几米远处传来。叫声逐渐增强，变成尖锐的长声呼啸，盖住了低沉的吠声。我的意识瞬间转移。恐惧的利刃集中于一个想法：这些野狗会把我撕得粉碎。老天，它们正在高叫。

应该说，对比哈斯凯尔，我是幸运的，也是不幸的。幸运的是我没有听见狼的嗥叫，不幸的也是我没有听见狼的嗥叫。我所臆想的野猪、黑瞎子都没有出现，甚至连一只野兔野鸡都没有闯入我的视野，它们的身影都远离我的紧张和恐惧。

当我在看到一束手电光的时候，恐惧之刃已然冰释。原来是爸爸一溜小跑来接我，急促的喘息传递心中的焦虑。他看到其他孩子都陆续回家，经过询问才知道我选择另外一条路。天渐渐暗下来，他出来迎我。紧张与恐惧戛然而止，瞬间感觉从未有过的轻松。在黑暗中，我眼前一片光亮。山路上重归寂静，我沉浸在熟悉的回归感。我在爸爸的陪伴下可以轻松观望原本陌生的树林，这个时候我与树林不再冷漠相对，回归白日里应有的亲密感，我与树林是朋友、是亲人，是蓝天白云下两个平行世界，我们的生命都是独立的，我从树林中体会到强烈的快乐。

今晚是它给我上的另一堂课。

打松塔

白露到秋分，上树把“塔”收。

这句东北民谚说的是“打松塔”，东北最危险的农活。

白露是二十四节气的第十五个节气，露是由于气温降低，水汽在地面或近地物上凝结而成的水珠。表明天气已经转凉，早晚温差十度左右，凉爽的秋天已经来临。

秋分是二十四节气的第十六个节气，既平分秋季也平分昼夜。我国古代将秋分分为三候，一候雷始收声，二候蛰虫坯户，三候水始涸。雨水渐少，天气晴朗干燥，适宜收割和采摘。

这段时间是“打松塔”的最佳时期，人们以户为单位上山采松子。寻到一片松林，男人负责上树打松塔，女人和半大孩子负责收集松塔装背筐或麻袋，将松塔运下山。傍晚的时候，一家人将麻袋装好的松塔归拢在牛车上，捆好绳子，吆喝老牛乘着夕阳回家。

松塔的采摘只能是人工作业，应该算东北的非物质文化遗产，但非遗传承人越来越少。

父亲打过松塔，对过程印象深刻。在收获松塔的季节，出门要先看天气，秋风强弱决定能否上树。无风的日子最好，松林挺拔静谧，适合上树作业。微风可放心，树枝的摇摆幅度不会带来危险。山风较大，越往高处树枝摇摆越厉害，就无法采松塔。强行上树，危险系数加大，没有人愿意冒这个险。

选择松塔比较多的松树，上树的男人长穿着衣长裤，胳膊上戴着紧口套袖，裤腿缠着绷带。腿上紧紧绑着脚扎子，脚扎子是L型铁器，下部是锋利的尖刺，靠尖刺扎入松树的树干，一步一步攀登上去。双脚轮番攀登，双手交替环抱树干，小心谨慎地向松树的顶部登攀。在接近松塔的时候，上树的人在腰间系一条安全绳，取下别在腰间的长杆，一次次去捅安卧在枝头的一簇簇松塔，松塔不情愿地落地，沉闷的抗议声在树下响起，在草丛间滚上几滚，发泄心中的不满。待一棵树采摘完毕，散在四周的松塔被女人和孩子拾起，扔进麻袋里，成为大自然馈赠的礼物。虽然天气晴好，采松塔的人上下一棵树需要很长时间，体力的消耗和心理的恐惧，使人出一身透汗。这是一项极危险的工作，稍有不慎就有掉落的危险。每年林区都有因为采松塔而受伤的人，甚至发生生命危险。所以在东北是最危险的农活，但为了挣钱糊口，人们还是愿意冒险。

我没上树打过松塔，打松塔的过程仅是耳闻。工作以后，红松的样子记得不很清晰，与一起晨练的朋友经常讨论，因家乡小城的街边栽植十几种松树，我们也搞不清哪棵是红松？这个谜团，随着作家高维生老师到敦化开展田野调查，才有机会揭开。

2019 年 9 月 10 日，在黄泥河林业局团北林场，孙万涛场长陪同我和高老师在老白山腹地采风。在一片结满松塔的红松林里，孙场长为我们详细介绍红松和松塔的知识，开始为我们补课。

松塔就是东北红松子，也称海松子或果松，是东北红松的种子。野生红松需要生长 50 年后才开始结籽，成熟期约 2 年，故有“三年一小收、五年一大收”的说法。由于成熟周期长，产量稀少，很是珍贵。松子长在松塔里，外形呈宝塔状，故称“松塔”，大的松塔将近 20 厘米长，直径 10 厘米，小的也比巴掌大。松塔长在松树的顶部，多的时候，几个松塔呈簇状，多的时候一棵红松产几百只松塔。松塔表面沾满透明的松油，要经过稍微的堆放和晒制，才容易脱粒。鲜松塔是绿色的，而自然风干后的松塔呈黄色，这种自然晒干的松子特别香，松塔的鳞片开始松动张开，松子会零星脱落。

看孙场长介绍得饶有兴致，高维生老师兴趣勃发，作为满族人，他对红松子的了解颇多，在创作《宝塔近瞻涌几重》的时候，他查阅了大量的文史书籍，掌握翔实的第一手资料。他为我们引经据典地介绍红松子与满族的渊源。红松子含油率高，富含蛋白质，具有丰富的维生素，被称为“长生果”“长寿果”，同人参、貂皮、鹿茸、东珠一起是皇家的供品。满族祭祀陵寝和供奉九祖佛堂，有用松子的习俗。《打牲乌拉志典全书》一书记载，“今恭遇寿皇殿，安佑宫添拱，高亲纯皇帝圣容位前，每逢朔望，各拱干果九大碗，内应用松仁。”乾隆四十三年（1778年），乾隆皇帝第三次东巡，曾写下《盛京土产杂咏》十二首，并赋有《松子》一诗：

窝集林多各种松，中生果者亦稀逢。
大云遥望铺一色，宝塔近瞻涌几重。
麟砌蚌含形磊落，三棱五粒味甘浓。
屋佺曾遗尧弗受，小矣子房学步踪。

孙场长兴奋地说：“我昨天晚上拜读您的《小味道》，刚好看完这篇文章，今天听你再讲，印象更深刻了。”

我向孙场长提出自己关心的问题，怎样才能准确识别红松树呢？

孙场长耐心地为我答疑。红松是东北最古老的的树种，广泛分布在大小兴安岭和长白山林区。野生成年红松数十米高，树龄多达几百年，据考证现存最大的红松树王，生长在黑龙江省伊春市五营区的丰林自然保护区，树高38米，胸径1.7米，树龄约760年，它是欧亚大陆北温带植物界古老的活化石。他指着眼前的红松说，红松为常绿大乔木，树皮呈现灰褐色，表层鳞片开裂。松枝有点暗褐色，叶子呈针形，5针为一束，这是最显著的特征，松针长2~8厘米。红松开花，雄雌同体。红松球果为椭圆形，红松子卵状三角形，红褐色，每粒大约2厘米。

正好在一片草丛间有颗掉落的松塔，但黄绿表皮和红松子已不存在，只留下蜂巢状的松塔体寂寞地享受秋阳。孙场长风趣地说：“这是松鼠的杰作，红松子成为它越冬的粮食。”

松鼠吃松子，这我很早就知道。曾经看过一份科普读物，被松鼠嗑开后生存下来的松子，后来长成一棵红松树，这个概率是二十万分之一，可见原始红松林何其珍贵。

听到这里，我好奇地问孙场长，你会打松塔吗？

孙场长爽朗地说：“当然会了，林区长大的孩子哪有不会打松塔的。每年我都和职工们一起上山打松塔，我们还准备把上树打松塔发展成为民俗表演项目，表演给旅游的客人观看。”

听说上树打松塔很危险，那有没有其他的办法？我疑惑地追问。

孙场长接过话头，对我解释说：“打松塔很危险，每年都有人因为打松塔受伤，甚至致残和死亡。但打松塔工钱高，一天几百元，一些老把式宁愿冒这个险。后来有承包松林的人突发奇想，用氢气球打松塔。”看我略显惊讶，他继续解释说：“2015年，敦化市江源镇小牡丹村村民王玉宝看到黑龙江有人用氢气球打松塔，就动了心思，花2.5万元买回来一个氢气球。他算过一笔账，其实红松林雇人工打松塔，每人每天几百元的费用，就是一笔不小的支出，还是买氢气球划算。结果用下来，效率高、安全，操作得当没有风险。”

我想象不出用氢气球怎么打松塔，孙场长在红松树下给我和高老师比画技术要领。氢气球直径 8 米，有两个充气孔，顶上有拉链控制飞行高度。气球下面有两根绳子，固定在两棵树上，助手可以控制气球的高度和方向。气球上面有 4 根绳子，对角绑在 4 棵树上，下面的助手抓住绳子移动气球。气球底下有个长 1 米宽 0.6 米的铁质篮筐，2 个人站在里面，手持长木棍，四下打松塔。

听着孙场长耐心地解释，望着头顶的松林，我想象乘氢气球打松塔的景象，不仅为林区的变化而兴奋，有点想试试的冲动。

也许察觉到我的情绪变化，孙场长说：“氢气球打松塔有危险，也是违法的事情，现在已经被叫停了。

我感觉很诧异，怎么还违法呢？孙场长解释说，氢气是活性气体，易燃易爆，国家明令禁止使用氢气球。氦气是惰性气体，正常环境下基本不与任何物质产生反应，所以可以使用氦气球。但氦气比氢气价格高，加上国家对气球升空有管制要求，所以这些年来打松塔还是靠人工，应该也算是非物质文化遗产吧。

氢气球打松塔的危险性有多大，我们没有了解。孙场长说，我给你们讲个故事吧。2017 年 9 月中旬，汪清农民尹艳磊的氢气球由于绳子没有固定好，一阵狂风将氢气球吹向空中，在空中越飞越高。好在尹艳磊的手机有时断时续的信号，家人报警以后，警察联系厂家，并告诉他想办法划破氢气球，迫使氢气球降落。他费了很大气力终于掰下一块铁片，在篷布上使上吃奶的劲划了三个口子，过了很长时间，气球终于慢慢地开始降落，接近一棵大树时，他看准时机跳到了树上，成功回到了地面，全身只受到一点刮伤。随后，被赶来的警察救走。此时，他已飞行两个多小时，距离起飞地点 50 多公里。”

看来没有万无一失，危险始终潜伏在人们的大意和环境的瞬间变化无常。好在尹艳磊只是虚惊一场，并且留下一段佳话。在网上找到这条新闻，我留意这样的描述：“绝望啊，真是太绝望了。”尹艳磊说，“旁边是白云，底下是森林，那景色老美了，但是我哪有心情看啊，谁知道气球要把我带哪儿去啊。”过了一会儿，尹艳磊心情稍微平静了一点，他掏出手机，录了一段小视频：“完了，乐观面对我的生活，飞了。”当手机忽然连接上了信号，妻子的电话首先打进来。当天恰巧是中国传统的“七夕节”，他便在电话里对老婆做了“最后的告白”——“老婆我爱你，如果我还能活着，我一定与你长相厮守。如果我出了意外，你也要坚强地活下去。”

有时，灾难猝不及防地抽搐一下，人类的内心黑暗密布。在抗争的过程中，人性的阳光总是提醒人们不要放弃温情与浪漫的权利。

从老白山回到家中，正好朋友送我两个铁盒包装的红松子仁。在一张方块白纸上载明营养成分：松子性温味甘。具有养阴、息风、润肺、滑肠等功效，常食松子能延年，美容。松子的脂肪大部分为油酸、亚油酸等不饱和脂肪酸组成，每百克松子仁中含蛋白质 16.7 克、碳水化合物 9.8 克、脂肪 63.5 毫克、钙 78 毫克、磷 236 毫克、铁 6.7

毫克等成分。

打开盒子，品尝红松子仁的味道，我分明咀嚼出少年的成长经历，乡村生活在内心的某种情结。

围捕傻狍子

在村外的场院空地上，一头成年的狍子被困在里面。

场院位于村东大河北岸，占地差不多 5 亩，四周用 2 米多高的柞木杆子围起来，在北侧有歪斜虚掩的木门，留着壮实黄牛可以轻松通过的门缝。围栏之间，十几棵高大的杨树在寒风中不屈地昂着头，树枝之上麻雀叽叽喳喳争论不休。在大树下面，玉米秸秆和豆秆整齐地码成垛，上面的积雪厚厚地覆盖，像戴了一顶厚实的大帽子。空地上积雪有十几厘米，布满狍子凌乱的脚印。

几分钟前，木门合上了，整个场院成为木制的牢笼。

饲养员冯大爷上午来场院取秸秆，准备回去铡牲口饲料，他发现狍子闯进场院，正在撕扯玉米秸秆的叶子，一副贪婪的样子。他首先的反映是关闭木门，堵住狍子的退路，然后回村喊对门陈家三兄弟。

我们六个半大小子正在陈家观赏两只小黑熊。陈家仨兄弟都愿意捕猎野生动物，虽然没有枪，但他们会下套子，隔三岔五套只野鸡或野兔，用短棍挑在肩上，宛如胜利的将军返回村，令左邻右舍羡慕不已。当时村里人一年到头很难见到荤腥，有点野味解解馋，快乐得像过年。有一天，陈家大哥领着黄狗上山溜套子，在一个树洞里发现两只幼小的黑熊，在确认老熊没有在附近，陈家大哥将两只小黑熊放进背筐，一溜小跑回到家。两只小熊憨憨、笨笨、傻傻的模样，引得全村的孩子都来看新奇。两只小熊愿意爬树，门口的杨树自然不在话下，在我们的喝彩声中开始表演。最逗趣的是小熊吃煎饼。两只前爪捧煎饼，一边往口中送，一边大口吞咽。一会儿，煎饼沾在上牙膛，小熊不知如何处理，左边的爪子挠着腮帮子，右边的爪子在张开的嘴里使劲向上抠，但又使不上劲，只好仰起头张开嘴，滑稽地手舞足蹈，引得围观的人们笑个不停。

冯大爷进来的时候，我们正和两只小熊玩耍。他跟陈家大哥说了情况，大哥听见狍子眼睛放光，急忙穿戴齐整，手拿绳子和羊叉，招呼两个弟弟跑出去。我们这些半大小子不肯放过看热闹的机会，兴奋地尾随而去。黄狗见主人有行动，从窝里窜出来，脚前脚后献上殷勤。我讨厌这只黄狗，它曾经咬过我的右臂，流血不止。当时没有打预防针的说法，大家使用的偏方是香油拌狗毛灰。陈婶抱住黄狗，母亲剪下一绺狗毛烧成灰，拌点香油涂抹在伤口，简单地包扎就妥了。从那以后，我就跟黄狗保持一定距离，害怕再受到伤害。

这是一头体长约 1.2 米、重约 30 公斤的动物，咋看上去像鹿，但围捕的大人们说是狍子。它的脑袋比鹿更短圆，顶着两只大大的招风耳，鼻子下面有两块白斑，加上白色的嘴唇，像是偷吃白面沾上的面粉，或者在雪地觅食沾满雪的颗粒。头顶支着两根小短棍，分着三个杈。又厚又长的灰毛，闪烁灰白的亮光，也许在寒风中站了许久，毛色上凝结一层白霜。

围捕的人们开始在杖子外面围观，轻易不敢进到场院，与狍子面对面。虽然有人说，狍子很傻，俗称“傻狍子”，是很容易围猎的动物。常听猎人们说，狍子是有预判的动物，遇到危险的时候，它从来不是盲目地逃跑，而是要看清并判断危险的声音轨迹，选择逃跑方向。狍子的奔跑速度奇快，一个纵越轻松可达15米，一般动物很难撵上它。但是狍子的聪明劲儿在猎人面前就是“傻”，而且傻得可爱。如果猎人与狍子相遇，它不会立刻逃走，常是愣会神才跑，好像反应慢半拍；要是猎人大喊一声“傻狍子”或者“别跑”，它还真的会站定回头；狍子每跑一段也会停下来回望，仿佛在等你；就算它跑得没影，过不了多久又会绕回来；若是累了，它还可能把头埋进雪里，似乎这样你就看不到它。猎人用木棍打在它的身上，它会愣呵呵地看着你，想弄明白打它的是什么东西。经验丰富的猎人会埋伏在狍子的栖息地等待它傻乎乎地回转，或者设下它从没见过的陷阱；尤其在冬天，猎人会循着积雪上的足迹连续地追击，猎狗有节奏地在后面奔跑犬吠，让狍子敏感神经一直处于紧张状态，不给狍子喘息的机会，更不给狍子进食的时间，长途追击下来，狍子在积雪上奔跑愈感乏力，渐渐体力不支，只能倒在雪地里束手就擒。所以狍子的聪明在猎人面前就是愚蠢，用生命的代价换来蔑视的称呼。

这只狍子恐怕是因为饥饿而误闯入场院，因为这里下了整整 2 天的雪。雪下得很大，天地之间雪花飞舞，拼力掩埋裸露的存在。渐渐地小村化为银白的世界，只有袅袅的炊烟显示生命的状态。鸡鸭鹅狗都爬在窝里打盹儿，主人将食物放在窝里，饥饿的动物们一阵争抢，鸡们跳来跳去抢夺食物，大鹅们伸长脖子先示威后抢食，鸭子们在食物周围摇摆，头贴在食物上一阵啄食。狗们是最幸福的动物，食物放在面前也不用着急，没有对手争抢，只待慢慢享用。猪们蜷缩在圈舍拥挤取暖，风雪从猪舍前檐贯入，在食槽的周围结成冰碴，但丝毫没有影响猪们进食的快乐。

据《敦化市志》记载，当地平均降雪初日为 10 月 28 日，终日为 4 月 23 日。记载中最早降雪日为 9 月 21 日，终日为 3 月 30 日。最长降雪初日为 10 月 23 日，终日为 5 月 30 日。冬季最长实际降雪日数为 56 天，最少实际降雪日数为 25 天。一般积雪深 10 至 13 厘米，最大积雪深度为 33 厘米，出现在 1968 年 11 月 11 日。

狍子属于鹿科，但为什么叫狍子呢？这要从狍子的卧息方式说起。狍子的适应性很强，身处环境为海拔 3000 米以下的原野山林。食物链比较丰富，从高大的桦树、杨树、柳树到低矮的木贼、地衣、苔藓，600 多种植物都可以满足需求。零下 40 摄氏度的严寒和零上 40 度的酷暑，狍子都可以安然无恙。狍子一般栖息在纬度较高、海拔较高的山林，平时人们很难看到它的身影和踪迹。狍子很会伪装和保护自己，夏天一身红褐色的皮毛，隐于斑斓的山林间，不容易被发现。冬天又换上厚实的灰白绒毛，卧在雪间更是与雪野融为一体。狍子卧息的地方一般会选择在阳坡的针阔叶混交树林，这里视野开阔、有高大植被避风、光照充足、积雪较浅、食物较多，狍子会在雪深小于 30 厘米处，用蹄子刨雪直到露出厚厚的落叶和衰草，它会安静地卧在其中，头部抵在卷曲的双腿间，用发达的嗅觉和听觉仔细甄别寂静中的危险。

围观的人们开始向狍子扔木棍、石块，狍子受到惊吓，在场院里疾速穿行，尾巴就会“奓毛”，有经验的人能够从“奓毛”分辨雌雄。雄性狍子是“肾形”，雌性狍子是“心形”，只要看到“奓毛”的白屁股，肯定是狍子无疑。这只狍子是白色肾形“奓毛”，是一只雄性狍子。喧闹的人群热情顿时高涨，山里人的规矩打公不打母，朴素的道理就是雌性动物负责繁殖下一代，一死双命的事情犯忌。狍子有个特殊的本领，受精卵可以在子宫内“休眠”，呈游离状态，最长可以保留到 5 个月后再着床发育，这就可以完美避开严酷的冬天，让小狍子在适宜的环境出生，保证成活率。谁也不知道这只成年母狍子是否受孕，也许明年春天就会有小狍子降生呢。这是一只雄性狍子，人们渴望逮到它，这样就可以吃上美味的狍子肉炒酸菜，这在东北属于山珍啊。

胆子大的人们从木门进到场院，逐渐缩小包围圈，黄狗在人前狂吠，与狍子紧张对峙。狍子感到危险来临，几次想冲出包围圈都没有成功，渐渐退到大堆的玉米秸秆前。陈家大哥示意黄狗再次冲上去，力争将狍子扯倒。黄狗明白主人的心意，低吼着向前移动脚步。狍子警觉地一个转身，奋力跃上白雪覆盖的秸秆堆，再纵身前跃，打个趔趄后稳稳站在雪地上。它没有忘记回头望向刚刚跳出困境的场院，不知是回味惊险的刺激，还是嘲笑围捕人的无能，最后消失在南沟方向。

陈家大哥和两个弟弟讪讪地回家，整天都处在懊恼之中，围捕狍子的失败对他们打击很大。我的心中倒有小小的庆幸，可爱的狍子终于回归森林，只是担心这么大的雪它怎么生存？在春天将要来临的时候，陈家大哥的两只小熊饿死了，因为实在没有多余的食物喂养它们。这个冬天，动物的生死没有引起过多的关注，人们更加关注自己的生存，盼望春天早点来临，绿色会满足人们对食物的青睐。

从那以后，再也没见过狍子，狍子的数量日渐减少，直至成为国家二级保护动物，严禁狩猎、买卖和食用野生狍子。现在人工饲养狍子已经成为产业，继续维持人们对山珍美食的欲望。早年的猎人，在食用狍子肉的时候，不断丰富关于“傻狍子”的传说，只能说是狍子的悲哀吧。有的人将狍子当作宠物饲养，在城市的广场吸引眼球，呆萌的狍子被称为东北“神兽”。

在谈论动物的时候，我会经常想起那只狍子。回到森林以后，它的生命是否得到延续？据专家介绍，狍子的年龄最多 17 岁。在双龙村，我希望出没林间的狍子是常见的景象，虽然不是当年的那一只，但也是何等珍贵的场面啊。

家传蒜缸子

父亲的家里有一个石质捣蒜缸子，不是古董或文物，最多算是老物件。我一直跟父亲说，将来我要继承它，甚至有可能传给我的儿子，从这个意义上说，蒜缸子是个传家宝。

2019 年 10 月 27 日上午，我和妻子前去看望父母。父母住在康惠家园，离我家所在小区 500 米，中间隔着翰章大街。父亲坐在窄小的客厅沙发上，时而与我和母亲插话。我站在客厅与厨房之间的拉门处，不时和父亲搭话，看着母亲在厨房忙活，她不让我插手，想独自完成四个菜：小鸡炖蘑菇粉条、白菜黄瓜粉丝、毛葱炒鸡蛋、尖椒干豆腐。尖椒干豆腐没有放肉，今年猪肉价格上涨，一市斤 28 元，听说最近还要涨。父亲感慨地说："现在谁要是送咱一个后鞧，那得多大人情啊。"我接过话头："那当然了，一个后鞧要一千多元啊。"

说话之间，我又看到摆放在厨房整理架上的蒜缸子。我将蒜缸子拎到饭桌上，仔细端详起来。说句心里话，使用这个蒜缸子已经50多年了，但从来没有研究过它。我找来一把钢卷尺，认真测量蒜缸子的底座、腰围、胸围和口径，使我对它充满新的认知。蒜缸子整体呈柱体，底座直径12厘米，缸高15厘米，上口直径14厘米，缸体直径15厘米，内口直径10厘米，缸内高度11厘米，底座与缸体之间的缸腰直径10厘米。底座为斜石纹，缸体为不规则竖石纹。整个缸体石纹凸出处被摩挲得发亮，愈接近缸口颜色愈深，内壁黑中发亮。蒜缸内斜立的柞木捣蒜棒长度25厘米，下半部分颜色泛白，是蒜汁长期浸染的结果。上半部分为红褐色，是汗渍累年渗透形成的。两个部分界限分明，分界线斜依在缸口内壁，简陋中透着古朴，古朴里存在岁月。

从外形上看，石质蒜缸子外形粗糙，没有丝毫美感，充其量就是石质器物。但在全家人心中，蒜缸子就是一件艺术品、传家宝，寄托我们对生活的观照。晚上回到家中，睡前翻阅佩阿索的《不安之书》，他在其中一节这样写道：我们清楚地知道，一切创作都是不完美的，我们所写下来的正是最令我们难以把握的审美观照。然而一切皆不完美。没有一次日落能够美得不能再美，没有一次微风能让我们安稳得不能再安稳得入睡。因此，雕像与高山的观照者不无二致，无不从书籍和流逝的岁月中汲取乐趣，做各式各样的梦，以便将它们转化为我们的石质。我们还将所做的描述和分析写下来，完成这一切后，它们便成为可供我们欣赏的外在之物，就好像它们是某一天突然发生的事情一样。读到这里，在脑海的小湾里，在心海前面的时光和年轮之间，一个家族的生活气息从对美好生活向往的捣蒜声中袅袅升起。

奶奶在世的时候告诉我，蒜缸子是她和爷爷结婚时的嫁妆。石头是山东安丘的青石，石质坚硬略显粗糙。奶奶家祖籍是山东安丘，盛产青石，石材业比较发达。当年太姥爷带领一家人闯关东的时候，知道这一去不再回返，为了留个念想，选择一块 20 厘米见方的块石，放在独轮车上，几经辗转带到东北。开始的时候，这块青石被用来压酸菜缸，四四方方很顺手。看到女儿要出嫁，太姥爷利用休息的时间，用锤子和錾子凿出蒜缸子，送给女儿做嫁妆。可以想象这样的场景：在小院的角落，块状青石置于硬木之上，四周有钉好的木条固定，保证青石在重击之下依然稳固。先在青石上画线，标出内径和外圆。工具是一把锤头和一把錾子，左手空握錾子，从石块的中心点，一锤一锤地点凿。叮叮当当的锤声响在小院，演绎一曲父爱的乐章。

我现在无法猜测太姥爷的意图，可能觉得蒜缸子是生活必需品，石料是老家的青石，又是亲手凿刻，有纪念意义吧。听奶奶介绍说，当时平民女子出嫁，必备的嫁妆主要有五种：一是田地，可以让新娘子在夫家有田产。二是两套被子，寓意两人过上幸福美满的生活。三是毛巾，祝福新婚夫妻生活温馨甜蜜。四是喜盆，有送喜之意。五是梳子，寓意结发夫妻白头偕老。蒜缸子没有特殊含义，但从爷爷奶奶结婚到现在，已经在我们家族近 80 年。时光流转，奶奶留下的唯一老物件就是它。父母结婚以后，与大爷大娘分家，锅碗瓢盆一分为二，奶奶和我的父母生活在一起，奶奶就把蒜缸子留在身边，一直留在父母家。

有的时候，我从内心感谢蒜缸子。木质的捣棒和石质的缸体，每个木纹和石纹之间都渗透整个家族的气息，穿越岁月的体液和气息，记录和储存家族的信息，演绎着生命与生命的对话，提示着一个灵魂的存在。爷爷和奶奶都已过世，在捣蒜的时候，握紧捣蒜棒，经常臆想爷爷和奶奶留下的情感密码。

蒜缸子作为我们家族保留和相伴最久的老物件，每一个石质颗粒都包裹家族情感、人文生命和历史记忆。读德国作家阿莱达阿斯曼的《记忆中的历史》，他写道：如果一件物品特别古老，或者能以他的形体给人留下印象，我们便把它视为有历史的。除此之外，如果一件物品已经失去功能，且因此属于一个永久逝去的年代，我们也可以认为它是有历史的。

剥好的蒜瓣放进蒜缸子里，左手虎口张开，护住缸口，右手握紧木质捣棒，将捣棒置于左手虎口中，一上一下使劲捣蒜。一开始，蒜瓣受到重击跳得很高，但都被左手掌罩住，重新落回到缸内，接受连续不断的重击，直到成为蒜泥。在这个过程中，穿越时光隧道，家族里所有人都重复过同样的动作，甚至手掌的汗液和温度在木纹和石纹之间交汇，使时光和传承不再是虚无。

现在蒜缸子使用频率增多，主要是经常吃饺子，我们全家还是习惯蘸一点蒜泥，蒜缸子依然有用武之地。将来一定将蒜缸子留在我的身边，能否传给儿子当然看他的态度。但我想随着年龄的增长，怀旧之情侵蚀着当下的生活，老物件肯定有存在的价值。

家族和年俗记忆

父亲这一辈堂兄弟十个，他是最小的，当然是家族中一个辈分排序，从大到小依次为刘福、刘宝、刘信、刘林、刘贵、刘忠、刘义、刘财、刘昆、刘礼。父亲是刘礼，与刘义是亲兄弟，与刘忠是堂兄弟，与其他哥哥是一个曾祖父的后代。他们之间来往得非常密切，长幼有序，敦伦尽分，形成一个和谐的大家族。

我们这个家族祖籍是河北省昌黎县，具体是哪个庄子已经记不清。原来的家谱在“文革”中被烧毁，而老人们口口相传的地名也不十分清楚。奶奶在世的时候，说老家是河北省昌黎县九甲三社麒麟庄。当年老哥仨从老家闯关东，先在辽宁落脚，后在吉林敦化开枝散叶，留下我们这一支后人。在辽宁的时候，还失散了一支。

前几年兴起寻根寻祖热，我也在网络上多方联系、多方打听，甚至下载电子版清代编撰的《昌黎县志》，但始终无法寻找到令我满意的答案。县志记载，昌黎所属村庄分甲乙两种，名字里带“甲”字，都是山西移民组成的村落，名字里带“乙”字，都是昌黎本地人组成的村落。根据奶奶的描述，祖辈留给我们的重要信息有三个：一是祖上是山西移民。这一点与《昌黎县志》记载相符，先是从山西洪洞县大槐树下移民到河北昌黎，后一支哥仨闯关东来到东北。山西移民的特征是小脚趾甲两瓣，上厕所叫解手，称醋为“忌讳”。我们这支人特征相符，语言相似，在《昌黎县志》记载的山西移民方言，我看上去熟悉亲切。二是起名有讲究。我们这支人取名有个特点，按照家谱一辈两字，一辈仨字，我的太爷是刘祥，爷爷是振字辈。至于我们德字辈，好像与家谱不一致，属于家族重新议定。我的孩子辈按照家谱应该名字都有三点水，如德文大哥的儿子刘萍、德深二哥的儿子刘洁等。我的儿子出生的时候，我从字典里取了 20 多个名字，一时无法取舍，最后只好抓阄，就有了刘畅这个名字。喜剧性的是，接下来的一个哥哥三哥弟弟均生的女儿，他们调侃我给儿子取名谐音有“唱”的意思，结果导致他们都生女儿。三是关于春节的一些细节值得记忆。我家一个春节要守岁两次。除夕夜，全家要吃年夜饭，这是第一次守岁。吃饺子的时候，需要蘸米醋的时候，也要说成是“忌讳”。初二那天，全家还要守岁，吃饺子，奶奶说是祖上的规矩，这是送走先人们，初三姑娘就可以回门拜年。奶奶在世的时候，我们一大家子都严格遵守老规矩，初二集中在大爷家守岁。虽然增添很多快乐，但也确实很累。随着年轻的媳妇进门，这个习俗在父母这边就渐渐淡化，到奶奶去世以后就免了这个规矩。但大爷家还一直遵守这个习俗，一家人继续操办初二的年夜饭。

随着社会进步发展，人们对传统习俗渐渐淡忘，尤其是关于家族的记忆，会越来越凋落。至少现在我的孩子没有这个印象，他春节回到小城连鞭炮都不愿意燃放，将来在大城市工作生活，鞭炮就会成为童年的回忆。祖上的家规规定守岁两次，就是要传承有别于其他家族的信息，从而形成自己家族独特的文化。但现在看，越来越多的家族开始同质化，与这个社会保持同步，不知道是喜还是忧?

当时在双龙这个小山村里，居住着父亲叔伯兄弟四家，坎上是刘财伯父家，家有三男二女；刘信伯父家和我家住在卧虎山下，一东一西，刘信伯父家育有五女一男；我家是三个男孩；刘林伯父家住在我家道南，育有二男一女。由于刘林的母亲三奶、刘财的母亲七奶和我的奶奶都生活在这里，这个小山村已经成为刘氏家族重要的聚集地。

虽然我们是闯关东到敦化，但毕竟在这里生活已过六代，一百多年的时光流转，我们已经入乡随俗，春节习俗已经基本本地化。在这里，我愿意费些笔墨，将记忆中的年俗一一呈现，算是传承传统文化吧。

在敦化地区流传春节年俗民谣：二十三祭灶神，二十四写大字，二十五蒸馒头，二十六烀年肉，二十七杀年鸡，二十八把面发，二十九贴联咏，三十一夜连双岁。

腊月二十三，俗称小年，民间以祭灶的形式拉开春节的序幕。祭灶时间多选在黄昏入夜之时举行。一家人先到灶房，摆上桌子，向设在灶壁神龛中的灶王爷敬香，并供上用饴糖和面做成的糖瓜等。用饴糖供奉灶王爷，是让他老人家甜甜嘴，上天言好事，下界保平安。然后将神像揭下，在灶间烧掉算是升天了。村里人重视小年，再穷也要吃顿饺子。过了小年，算是跨入年的门槛，一些禁忌随之而来，开始约束较为随意的日常生活。不许吵架、不许打骂孩子、不许说不吉利的话，要营造和谐的年味。矛盾多的人家，从小年开始进入平静期，给左邻右舍带来难得的安宁。小孩子开心高兴，惹点小麻烦，冲爸妈扮个笑脸基本没事，实在事大，父母也会咬着牙说“小兔崽子，等过完年再给你算总账。”

腊月二十四，要准备好春联和福字。请来村里小学的宋老师，将在供销社购买的红纸裁好规格，摆上桌子，沏妥茶水，一切准备妥当。这些准备工作，我们小孩子是可以参与其中，但接下来研墨过程，我们只能围观。宋老师先是在一方砚台中倒入清水，解释说研墨要凉，凉则生光，热则生沫，影响书写质量。接下来右手执墨，左手轻提右袖，缓缓地研墨。期间，宋老师给我们讲解研墨要领。研墨的要点是重按、轻磨、身直、向定，要按一定方向重按轻推，以圆形或椭圆形由远到近地周而复始地转磨，用力不要过大，心情不要太急，墨与砚池应保持垂直，不要倾斜，以防墨粒脱落。研好墨汁，宋老师提笔书写对联和福字，当然也少不了金鸡满架、肥猪满圈、抬头见喜等祝福语。

腊月二十五,一家人要彻底打扫房屋，此举有除旧迎新之意。一年到头烟熏火燎，里外屋都泛黄发黑，尤其是房屋的犄角旮旯挂着灰挂。扫帚不到，灰尘不掉。高粱秸扎好的扫帚不厌其烦地顺墙、上棚、走旮旯，彻底清扫一遍。打扫之后，报纸糊墙，张贴年画、福字，整个房间焕然一新。由于房间洁净，带给人们节日气息，同时带来对美好生活的希冀。

腊月二十六，每家每户都会烀猪肉，准备年夜饭用料。整个厨房热气蒸腾，香味四溢，热气和香味从虚掩的门缝挤出去，形成长长的雾带，然后消失在冬日的寒冷中。香味在小村流动，整个村庄宛如充满年味的厨房。

腊月二十七，小鸡最难过的日子。东北有一道名菜“小鸡炖蘑菇粉条”，是待客比较讲究的菜，除夕夜更不能缺少这道硬菜。一般情况下，宰杀的都是公鸡，母鸡留着下蛋。小鸡也是生命，看着自己精心养大的小鸡被杀，奶奶又心疼又无奈地嘀咕说：“小鸡小鸡你莫怪，你是人间一道菜，今年早早去，明年早早来。”这句话是否管用不知道，但求得心安亦是良善。

腊月二十八，家家户户蒸干粮，主要是馒头、花卷、豆包和黏豆包。豆包是红小豆制作的豆沙，发好的面裹满馅料，团成圆形，然后放在木质工具里压实，与木质接触的面食表面会印上花鸟图案和福字，给面食增添文化气息。当然还有一道美食，就是东北俗称的“黏豆包”。选择上好的黄米面发酵成面团，揪出大小均匀的剂子，擀成厚薄均匀的面饼，打入红小豆煮熟制作的馅料，团出球状，置于高粱秸秆穿成的盖帘之上，送到仓房冷冻。想吃的时候，上锅蒸熟。豆包下垫洗净的玉米叶子，保证豆包不粘锅。春节来客人，馒头、花卷、豆包、黏豆包，上锅热或蒸，节省很多时间。

腊月二十九，事先写好的对联要全部张贴出去，红色的纸张为农家小院增添许多喜庆气氛，再贴上五颜六色的挂签，喜庆之中不乏灵动。当然，竖灯笼杆也要在这一天完成，红红的灯笼悬在松枝之下，农家小院顿生美感。传说新年立灯笼杆，取意“太公在此、诸神退位”，保佑院落和主人平安吉祥。那是没有现成的灯笼，都是自己制作。灯笼骨或木条或铁线，形状除方即圆，灯笼面用红纸粘糊，便大功告成。孩子们手拎的灯笼，基本上都是玻璃瓶子拴上绳，系一个尺长左右的小木棍，点上红蜡烛，方便照亮身前路。

腊月三十，俗称除夕，这是春节的重头戏。因为与初一相连，便有“一夜连双岁，三更分两年”。下午要供祖宗，有家谱的挂始祖画像，没有家谱的要用红纸书写三代宗亲牌位供奉。下午两三点钟吃饭，家人团聚。三十夜，张灯结彩，室内外通明，全家人聚在一起谈笑游戏。时过 21 点，全家人开始包饺子。为讨新年彩头，馅中会放入硬币、糖块，吃到的人自是欣喜。23 点以后，着急的孩子们嚷着吃年夜饭。母亲开始煮饺子，这个时候有讲究，饺子破了不能说“破”，要说“煮挣了”。爸爸会拿上一叠烧纸，在门口烧掉，意思是请先人们回家过年。然后放一挂鞭炮，营造喜庆的味道。同时，对我们哥仨说：“快去抱财吧。”我们赶紧来到柴垛，每个人尽可能多抱一些烧柴，然后送到指定的地方，一边放一边说：“财来了，财来了！”母亲见我们从外面回来，饺子也开过三遍，先是捞出三个饺子放在小盘里，摆在上供的地方，然后就开始捞饺子。除夕夜的菜，在我们包饺子的时候，母亲已经陆续做好，现在和饺子一起组成丰盛的年夜饭。按照规矩，我们要给奶奶、爸爸、妈妈拜年，再开始吃团圆饭。爸爸妈妈给奶奶和我们哥仨发压岁钱，奶奶 10 元，我们都是 1 元。团圆饭过后，全家人换上新衣服，开始守岁。奶奶常说，除夕一夜精神，来年一年精神。为了驱除倦意，我们吃冻梨，带着冰碴的冻梨常常让我们打个激灵。实在支持不住，我和弟弟们就拎着小灯笼，到各家各户门前捡没有炸响的鞭炮，回到家里以后一撅两截，挤出鞭炮里面的药屑，收集在一起用火点燃，看到火光腾地冲起，惊险又刺激，害怕但开心。

挨到天光放亮，父亲母亲开始忙活大年初一的第一顿饭。吃完饭要到三奶家和七奶家拜年，她们比奶奶大，我们要先去给她们拜年。当然我的叔伯兄弟要到我家拜年，奶奶端坐在炕头，接受晚辈新年祝福。还有亲戚家需要拜年，礼数不周让人笑话。初一、初二基本上就是拜年，小村人情浓，走动下来累并快乐着。

接下来，正月初三，是女儿回娘家拜年的日子。姑爷是上客，自是好生招待。

正月初五俗称“破五”，这天必须吃饺子，同时从除夕到初四的各种禁忌开始解除，允许泼水、倒灰、开柜、动剪刀等，人们的生活步入常态。奶奶会将积攒的垃圾清理出去，前五日都堆积在一起，倒垃圾忌讳破财，等初五才扔掉。我们孩子关心能否吃上饺子。记忆中初五的饺子是土豆粉作皮，酸菜和油滋啦拌馅，个头比一般饺子大，上屉蒸熟。饺子通体呈黑色，所以印象深刻。

正月初七，俗称人日，小山村的人们很重视这个节日，成人和孩子皆吃面条。按照传说，初一至初十，各有所主，即一鸡、二鸭、三猫、四狗、五猪、六羊、七人、八谷、九果、十菜，以天气之佳否占卜所主之物一岁之吉凶。在我的印象中，人们对其他的关切只是传说，但初七吃面条的风俗一直存在。后来，更有人将正月初七设为孩子吃面的日子，正月十七设为中年人吃面的日子，正月二十七设为老年人吃面的日子。我想一方面给初七忘记吃面的人一个补救的机会，另一方面是随着生活水平提高，人们愿意多一个改善生活的机会。

其实在双龙村，腊八也是个重要日子，有句民谚说："小孩小孩你别馋，过了腊八就是年。小孩小孩你别哭，过了腊八杀年猪。"所以小孩子盼腊八，过了腊八春节的脚步一天比一天走近。

我对腊八有清晰的印象，与达子香花有关。达子香，即兴安杜鹃，又称满山红、映山红、报春花、金达莱。木本植物、半常绿灌木，植株高 1 至 2 米，形状有点像矮松，枝条呈黄色，花开粉红色，先花后叶，冲寒吐芳，花开五瓣。达子香喜欢群居生长在崇山峻岭的陡壁上，一簇簇挤在一起，每年四月下旬冰雪未尽时开花，是长白山区开得最早的花。在山区春天的脚步走得慢，当万物尚未苏醒时，达子香已经悄悄伸展出两片褐绿色的叶片，小小的叶子厚墩墩呈现蜡质光泽，形状像古时的宫扇，很是可爱。在两片叶子的中间有一个黄褐色的花苞。过了两天，这花苞长成了蓓蕾，尖尖的透出了深紫色。在细密的春雨滋润下达子香迅速生长，用不了几天，那满树尽是花蕾，含苞欲放的神态娇羞可爱。四月末的某一天，几乎是在一夜之间，满山遍野的达子香相约绽放，似红霞织锦，宛如烈火烧燃。行进于林中小径，山坡上的达子香左右舒展，张张粉红的笑脸，尽显妩媚与壮观。

双龙村细心的孩子们都了解达子香花，并且知道腊八那天采回达子香枝条，插在盛水的罐头瓶里，放在卧室内，除夕前花朵肯定开放，给节日增添喜庆气息。每到腊月初八，孩子们早早上山，采回达子香，满怀希望插瓶添水，等待除夕花开。我也曾参与其中，并收获期待与欣喜。

参加工作以后，我很少称呼达子香，而改称金达莱。因为金达莱花是延边州州花，更是朝鲜族同胞喜爱的花，朝鲜族人民将金达莱花看成是春天的使者，坚贞、美好、吉祥、幸福的象征，对它有一种特殊的感情，金达莱花绽放的时候，朝鲜族同胞载歌载舞，如醉如痴。

2020 年 4 月 10 日，我应《延边日报》山泉副刊编辑杨守玉老师之约，创作诗歌《遇见金达莱花》，倾诉我的金达莱之恋。

相见时，山上的金达莱花比春色火红

花蕊在枝头呈喜悦状，藏不住笑容
喜欢群居，经常在石崖间扎根
揽一片白云为镜，整个山坡挤满青春
金达莱花盛开，像车妞，被唤作
春天的使者，最亲切的方言

金达莱从积雪中生魂，暗香浮动
在春寒料峭处，用怒放为残冬饯行
白雪之上的花朵，悸动的气息
挣脱或者迎接，五个花瓣就是精灵
一簇簇的颂歌，浅吟、轻唱
春天的脚步，踩着花瓣的芬芳

在延边，金达莱花静守流年
为苍茫大地送上第一缕温暖
在它的暗示下，我的身体
和树木一样青翠。努力地开花结果
奋斗让生活比梦想完美

达子香花，不同的民族有不同的解读。鄂伦春族同胞为纪念美丽勇敢的姑娘达子香，为粉红色的花朵命名达子香花。朝鲜族同胞将春天的使者亲切地称为金达莱花。在敦化，满族人称呼达子香花为年喜花，满语为安楚鲜。古老的《年喜花》歌谣中唱道：今儿腊七儿，明儿腊八，上山去撅年喜花。年喜花，生性乖，腊七儿采，腊八儿栽，三十打骨朵，初一开。红花开，粉花开，花香飘到敬神台。财神来，喜神来，又赐福，又送财。年喜花儿道年喜，年喜花儿年年开。《年息花》歌谣中唱道：年息花山间要开花，格格们、姑娘们结伴上山啦。左手掐，右手拿，怀里抱里装满啦。跟我一起回家吧，把你载在瓶中吧，春节就能开花啦，花开就像彩云霞。财神财神快来吧，送来金财过年吧。喜神喜神快来吧，送来喜悦过年吧。贝勒阿哥快来吧，都来夸赞年息花，也夸格格真美呀。年息花年年都开花，年息花年年都开花。从这两首歌谣可以看出，童年时采撷达子香的行为就是传承年喜花文化。

敦化市官地镇岗子村是一处有久远自然和历史文化的古村，远在唐和渤海时期，此地就是北方民族生活居住地。据吉林省文史馆员张福有、省政府参事曹保名先生多次在此地考察和考古发现，有距今三千多年至二千年上下的诸多文物并与莺歌岭文化、沃沮文化和扶余文化相关联，从而印证了此地是古代文化的中心区域或交汇地带，并与“敦化市文物志”所记载的渤海的通沟岭山城，石湖平地之间的地貌及古村名地名相同。岗子村人自觉担负传承传统文化重任，从 2017 年开始，每年腊八这天在岗子村举办“年喜花节”，选出优秀的孩子代表，向村里可敬之人献年喜花。同时文艺志愿者表演满族舞蹈、古琴演奏、年喜花诗词朗诵、书法展览、举办商贸活动，场面即传统又壮观。在此基础上，岗子村结合年喜花盛开的初春，从四月十一日至二十日每年都举办赏年喜花。举办祈雨活动，全村男女老幼头戴柳树编织帽子，沿村落古庙、井、大沙河边步行，唱古老的《求雨歌》，祈求老天爷、老龙王下雨。每年中元节，在建于清代道光年间的“武圣观”，举办三天道教与中国传统民俗相结合的庙会文化活动。人们都到村前大沙河里放河灯，寄托对亲人的哀思。河灯有精雕细刻的角瓜灯、土豆灯、辣椒灯、船形灯、龙形灯、判官灯、童男童女灯、天官、地官、水官灯等。年喜花节和传统文化活动，已经成为东北满族农耕文化、民俗文化、民间文学、历史文化、萨满文化的文化遗产、非物质文化遗产典型遗存。

用这么长的篇幅说春节习俗，我是想记录一些传统文化，希望留给读者回忆的素材和记忆的信息。